明日，裸足前來。2

Tomorrow,
when spring comes.

岬 鷺宮 illustration§Hiten

Kadokawa Fantastic Novels

序章 prologue

【黑板上的星星】

「——你來自未來吧？」

聽我這麼說，巡僵在原地。

「巡，你是為了拯救我——從未來回來的吧？」

漆黑的夜裡，我的聲音逐漸消融在校舍的頂樓。

我們、萌寧、六曜學長都在這裡。

還有前陣子答應擔任社團顧問的千代田老師，總共五人。

巡以外的其他人都全神投入地觀測著天象，指著夜空中的光點專心討論，根本沒注意到我們之間的對話。

——經過一段彷彿連時間都凍結的沉默後。

他像在開玩笑般游移視線，嘴巴一張一闔後說——

「……妳、妳在說什麼啊？」

——感覺是硬擠出來的聲音。

「未來……？哈哈，什麼意思啊？我……不太懂妳的意思……」

他強迫自己歪起嘴脣，可能想露出笑容吧。

雙眼慌張地眨個不停，還用褲子擦去手心的汗。

在深夜的校舍中，即使頂樓一片昏暗，我還是能清楚看到他的模樣——

有種胸口被揪緊的窒息感。

情緒化為衝動湧上心頭，讓我差點洩漏出聲音。

明明他的心情都寫在臉上了。

明明根本藏不住動搖和緊張，巡還是努力假裝不知道。

這種笨拙的拚命——對現在的我來說何其珍貴。

我總是在傷害他人，內心的某部分也正在分崩瓦解。

而這個跟我完全相反的男孩——坂本巡。

直至今日，他都在拚命努力。

用盡全力過著每一天，就為了留在我身邊。

我知道。

知道這是多辛苦的一件事，也知道這件事在他心中有多特別。

因為——因為我，我自己……

——也落入了同樣的循環。

「……好了啦，不用再裝了。」

我對巡說出這句話，飽含著喜悅和「愛慕」之情。

「你不用瞞著我，因為很多事情我都很清楚……」

沒錯，請你在我面前褪下偽裝。

請你在我面前毫無矯飾，用真心面對我。

因為我不禁喜歡上了這樣的你。

可是——他似乎沒有感受到我的心情。

「這……那個……」

巡一臉膽怯地往下看。

「……可是，我……」

「……嗯～～」

我不禁雙臂環胸，發出低吟。

……原來他對我戒心這麼重，居然如此緊張無措。

也罷……我早就習慣了。在「過去的每一天」，我早已習慣他人對我的恐懼與疏離了。
所以……這也無可奈何，畢竟我「是那種人」。
可是——經過漫長的猶豫後。
巡下定決心似的抬起頭來。
「……我們談談吧。」
用明確的語氣對我這麼說。
「我們找個時間……盡可能好好聊一聊吧！」
他的臉上——還帶著不安與緊張。
但那雙眼依然筆直地望著我——
我差點發出「啊啊……」的驚嘆。
鮮明的喜悅湧上心頭，讓我忍不住抬頭仰望夜空。
讓年幼的巡深受感動的星空。
以無邊無盡的黑為背景，散落四處的無數光點。
由現在的我看來——那只不過是沾黏在平面上的塵埃。
就像黏在黑色墊板上的橡皮擦屑。
或是被擱置已久的車子引擎蓋上的沙塵。

我的情緒沒有半分動搖，也不會留下任何記憶。

儘管如此——

「……嗯，就這麼辦。」

我覺得在他身邊就能改變。

總有一天，我或許也能像巡一樣，被這片星空震撼得起雞皮疙瘩。

或許能體會到那種被吸進去的感覺。

換句話說——

「我們談一談吧。」

——我覺得，自己能認為這個世界很美麗。

第一話 chapter1

【OH！My girlfriends】

「——嗯～～應該是第一天吧。」

——妳從什麼時候開始懷疑我來自未來？

二斗回答這個問題時……語氣比我想像的還平淡。

「入學典禮那天在社團教室聊天的時候，我就開始懷疑了。」

「喂，真的假的……！」

我不禁大喊出聲。

「入學典禮那天？在社團教室……？」

那不就是第一次時間移動的時候嗎！

當時我偶然回到三年前，還迷迷糊糊，搞不清楚狀況……

未免太早了吧，居然第一次見面就被看穿……！

「妳、妳為什麼會這麼想啊！」

我實在不能接受，因此繼續追問。

「我們當時根本沒聊幾句，為什麼……！」

「不是，你那時候彈了鋼琴啊。」

二斗用「想也知道吧？」的口氣說。

「還在我面前講一些語意深長的話。」

「……啊～～」

「這樣要我不發現才是強人所難吧～～」

我試著回想當時的情況。

那時，我的確以為是自己看到了幻覺，能見到覺得此生無緣再見到的二斗，情緒一下子來得太快……

對啊，所以我就……說了「能見到妳真好」這種話，還在二斗面前彈了鋼琴……

「……啊啊啊～～……」

這樣啊……原來是這樣。

原來如此，所以她才會猜到……

真的是馬上就露出馬腳了呢，以為沒被發現的我更像個笨蛋……

我對自己的大意發出嘆息，並放棄掙扎，茫然望向四周。

「……唉……」

一大早的天文同好會社團教室，旁邊還有一間小房間，俗稱為準備室。我被二斗帶來這裡，照約定談談「我來自未來這件事」。

這個空間比社團教室更雜亂，還有霉味。

塞進兩個人就是極限了，所以我跟她的距離比平常在社團教室時還要近。

但這種擁擠的感覺的確很適合「說祕密」。我坐在地上，心情比在頂樓忽然聽到這件事時還要冷靜。

「所以……」

在我視線的右上方。

坐在書桌上晃著赤裸雙腳的二斗說：

「你會時間移動，在過去和未來往返很多次，這一點你願意承認了吧？」

「……是啊。」

我低著頭，點頭承認。

「對，妳說得完全正確……」

……唉～～還是說出口了。

找藉口搪塞也沒用，我就老實承認了時間移動的事。

——她說得沒錯。

我在高中生活的最後一天，也就是畢業典禮結束後，被前女友二斗失蹤的消息嚇得驚慌失措，偶然發現了回到入學典禮那天的方法。

只要彈奏天文同好會社團教室裡的鋼琴，就能穿越到過去。

我可以改寫高中生活——

……那我不就可以拯救二斗了嗎？

不就可以改變她失蹤的最糟結局了嗎？

有了這個念頭後，我先為了這三年都能待在她身邊，四處奔走，讓天文同好會留下來。歷經各種風波後，成功找齊四個社員，也順利取得了學校的認可。

……我本來想把這一切隱瞞到最後。

原本不打算把時間移動的事告訴任何人……

但我怎麼覺得有點內疚？

我自認這一切不是壞事，但不是自己主動承認，而是被對方發現祕密的感覺實在太尷尬了……

而且有件事更讓我十分在意。

「……我也想問！」

我像要轉換情緒般大喊一聲，終於把我心中「真正的問題」說出口。

「二斗……那妳呢！」

二斗歪著頭，凝視著我。

「妳居然能從這種地方發現我會時間移動？只不過彈個鋼琴，妳就能看出這一點？正常來說根本不合理吧！」

沒錯——太奇怪了。

我只是用笨拙的指法彈了鋼琴。

一無所知的人看了，只會覺得「彈得真爛」吧。

但二斗卻發現了我會時間移動。

這就代表——

「二斗，難道妳……也一樣？」

我小心翼翼地問。

「妳也在重新經歷高中生活嗎……？」

「——嗯。」

隔了短短幾秒，二斗直截了當地回答。

「我也跟你一樣在重過高中這三年的日子。」

「……果然沒錯。」

「方法也一樣，是用社團教室的鋼琴彈那段旋律。」

……也對，那當然了。

不只我，二斗也是來自未來。

而且——跟我一樣是用「彈奏鋼琴」這個方法。

若是如此，很多事都說得通了。

才高中一年級，性格卻莫名沉穩。

在音樂或學業上都展現出過人的能力。

明明高中才認識我和六曜學長，卻輕易就對我們敞開心扉。

以前我就覺得這些事很不可思議了。

不過……我還是很驚訝。

真的假的……二斗。不只我，連二斗……都在改寫過去啊……

唔喔喔……

「但也有很多地方跟巡不一樣喔。」

看著因為受到衝擊而抱頭苦思的我，二斗的嗓音始終很輕柔。

「比如時間移動的規則。」

「……移動的規則？」

「嗯。」

二斗輕巧地跳下桌子，面向窗外。

「巡，這是你的第二輪高中生活吧？」

「……是啊。」

「我已經不是第二次了。」

「……啊？」

「順帶一提，也不是第三次。」

「……」

——我說不出話來。

……不是第二次，也不是第三次。

咦，什麼意思？她重來過更多次嗎？

……類似「無限循環」？

不是像我這樣來去自如，而是不斷重新改寫過去……？

「那……是第幾次了？」

我戰戰兢兢地問。

「妳到底重過高中生活多少次了……」

心臟跳得好快。

我的心動搖到快死去了，卻始終一頭霧水。

難道她已經重來過好幾十次了……？

不對，難道更誇張，是好幾百次嗎？還是多到數不清了……？

然而……

「這是祕密。」

二斗給了個冷漠的回覆。

「但比你多很幾次是事實。」

「咦～～！告訴我嘛～～！我有權利知道這件事吧！」

「……你可能會受不了吧。」

——仔細一看，二斗難得露出如此羞澀又猶豫的表情往下看。

「一直重過這三年，感覺太沉重了……你可能會被我嚇到……」

「呃，我不會這樣啦……」

「而且我的精神年齡也變得比你大好幾歲，所以我不太想告訴你……」

「……啊～～這樣啊，原來如此。」

聽她這麼一說，我也覺得有道理。

假設這是她的第四輪高中生活，之前已經走完三輪的話，她的精神年齡……差不多是二十五歲，確實是個大姊姊。

不過……這樣啊，原來二斗是這樣的啊……

外表年紀輕輕，精神年齡卻超過二十歲了嗎……

……感覺有點性感耶。

看起來清純可愛，其實是大姊姊。這樣啊……我跟這種大姊姊共處一室……喔……

「……巡，你是不是在想奇怪的事？」

「咦！才、才沒有呢！怎麼可能啊！啊哈哈！」

「真的嗎……」

說完，二斗瞇起眼盯著我。

「真的啦！好了，先不管妳重來過幾次！」

感覺那雙眼就快看穿我的一切，因此我急忙轉移話題。

「妳為什麼要重過高中生活這麼多次啊！妳會做到這個地步應該有什麼理由吧！至少把這件事告訴我啊！」

沒錯，這也讓我十分在意。

感覺二斗的高中生活過得一帆風順。

不但心願成真，還過著人人稱羨的日子才對。
這樣的她，為什麼要不斷重過這三年？
她是想得到什麼才不停重新來過嗎——
「理由啊……」
二斗嘆了口氣，並瞇起雙眼。
上午的陽光從窗外灑落，讓她的臉蒙上一層陰影。
那個表情——就像以前我曾看過，身為nito的她。
感覺虛幻縹緲，彷彿下一秒就會消失。

「……我會把一切都搞砸啊。」
她對緊張得屏息的我咕噥道。
「不管重來多少次，都會傷害到最珍貴的事物，讓一切化為烏有……」
——心臟跳個不停。

我明顯感受到自己在掀開他人的瘡疤。

二斗的話語中帶有她內心最真實的苦痛——

對我坦承事實的這一刻，她一定也在傷害自己。

其實不想說出口，卻為了我全盤托出。

連遲鈍的我都能清楚地感受到她的嗓音在顫抖——

二斗一臉疲憊地笑道：

「……我失敗了吧？」

她輕聲問道。

「在巡所在的未來，我也很不幸吧？」

「……嗯，算是吧。」

我猶豫了一下，還是老實點點頭。

「而且……還滿悲慘的。」

在我所在的未來，二斗確實失蹤了，還在家裡留下遺書。

我本想隱瞞，但在二斗面前應該會立刻被拆穿。

那還是別白費力氣，直接承認比較好。

「我想也是，所以——」

二斗深吸一口氣，鼓起胸膛。

「我想改變那樣的未來。」

再用同樣的方式深吐出一口氣。

「我想改變我們之間糟糕透頂的結局……」

——她說的每句話都難以捉摸。

我不懂具體來說是怎麼回事，也不知道二斗最後為什麼會失蹤。

把一切都搞砸？傷害？究竟是什麼意思？

可是——

「……這樣啊。」

現在我覺得已經夠了。

她如此努力地揭開瘡疤，讓我看到脆弱的那一面。

對現在的我來說，這樣就夠了。

「我明白了，謝謝妳。」

事實上，我再度認清了自己的使命。

也知道該利用時間移動得到什麼。

「……好！」

我用雙手猛拍臉頰，讓自己重振精神。

我的目標是打造出能待在二斗身邊的未來，能救她脫離苦海，避免最後失蹤的未來。換句話說——也是讓二斗心願成真的未來吧。

所以……就讓我來解決這一切。

不論是二斗的痛苦，還是我的後悔——我都想靠自己的力量一一消除。

「那，從今以後！」

我努力用最明朗的嗓音對二斗說：

「要不要跟我一起努力，互相協助，共享情報？這樣或許會比一個人單打獨鬥更容易改變結局！」

我覺得這是最好的方法。

好不容易遇到「想重新來過的同伴」，那就一起奮鬥，合力解決彼此的問題就好。

可是……

「……嗯～～這個嘛……」

二斗還是一臉猶豫。

「我也有想過啦……但基本上還是維持現狀比較好吧？」

「……咦？維持現狀？」

「我覺得沒必要合力策劃什麼……」

「為、為什麼？啊，妳還是覺得被我知道妳回到過去的事很丟臉嗎？」

「……嗯，這也是原因之一啦。」

二斗滿臉苦澀地點點頭，我也能理解她的心情。

被她發現時間移動一事後，其實我也不太好受，而且二斗連她重來過幾次都不好意思告訴我了，或許是真的不希望暴露更多祕密吧。

可是……

「……那還有其他理由嗎？」

我不肯死心，試著繼續追究原因。

「可以的話，我想為妳盡一份心力。不只是為了自己時間移動，我也想助妳一臂之力，這樣也不行嗎……」

應該說，我也是為此回來過去的。

為了幫助二斗，為了解決她遇到的問題。

那麼，這是千載難逢的大好機會，我不想輕易放棄合作的可能性。

「嗯～～這個嘛……」

二斗稍微想了想。

「……我認為我們應該各自完成自己的目的。」

然後一臉疲憊地笑著說。

「我覺得無法親手得到自己期望的未來就沒意義了，讓你幫忙反而是本末倒置。」

「……啊～～」

「我不是只想改變結果，也想改變自己，否則沒辦法徹底解決問題。所以……我覺得各自努力比較好。」

我確實認同她說的這番話。

站在我的立場，或許也會說出同樣的話。

——這次我一定要和二斗並肩而立。

——要讓自己足以匹配這個身分。

如果為此請求二斗本人幫忙，感覺十分矛盾。

我得自始至終都只靠自己的力量達成目標，否則毫無意義。

「順帶一提，我在音樂方面沒有鬆懈喔，現在能成功也不是不斷重來的關係，因為我每次都把高中時做的第一首曲子當成新曲發表，第一輪也跟這一輪一樣，大獲成功。」

「是喔，那很厲害耶……」

「所以啊——」

二斗筆直地望著我。

「我們還是維持現狀吧……如何？」

「……ＯＫ。」

被她那毫無迷惘的視線看著，我也用力點點頭。

「就這麼辦吧，以後別太常過問對方時間移動的事！」

這樣我就能接受了。

我們就維持原樣，把對方當成普通的高中生。

不再干涉時間移動的問題，只默默守護彼此。

形成一種既像共犯，又像勁敵的奇妙關係——

維持這種距離感就沒問題了。

「嗯，麻煩你了。」

二斗點頭笑道。

她的表情看起來如釋重負，彷彿放下了心中大石。

「那……以後也多多指教了，巡。」

「好，彼此彼此！」

好像很久沒看到二斗的這個表情了……感覺心頭忽然燃起一股暖意。

＊

——時間來到放學後。

在一如往常的社團教室裡，一群熟面孔像平常一樣展開天文同好會的活動。

「這次有很多影片素材，真是太感謝了。」

「但在頂樓的影片太暗了，沒辦法用呢～」

六曜學長和五十嵐同學一邊討論一邊用電腦剪片。

今天六曜學長也散發著硬派現充男的氣場，五十嵐同學也帶著一點時下年輕女孩的厭世俏麗感，正在努力製作預計下週公開的影片。

這個畫面不管怎麼看都像是「勝利組的集會」。對平凡至極的我來說，不管怎麼想都會忍不住懷疑：「我真的可以待在這裡嗎……」

我跟二斗在一旁尋找下支影片的題材，正在網路上搜尋情報，觀看其他學校天文社的活動內容，或是介紹宇宙小知識的YouTuber影片。

該怎麼辦呢～……我是想在校慶的時候做個星象儀，要不要把試作裝置的過程拍成影片？

順帶一提——跟上次做影片的時候不一樣，這次沒什麼時間限制。

氣氛有些渙散，大家的心情也挺悠哉的。話雖如此，我也完全不會不自在。

「……啊～對了。」

所以對於二斗忽然開口說的話……

「有件事我想先跟大家說一下～」

對於她突如其來的報告——

「我跟巡——開始交往嘍～」

「——咦！」

「——真假！」

「——呃啊！」

——都嚇傻了。

不只是五十嵐同學和六曜學長——連我都大驚失色。

咦，妳居然在這個場合忽然公開？一點預告都沒有？

五十嵐同學和六曜學長都臉色大變。

「交、交往的意思，是變成男女朋友嗎？」

「我都沒發現，你們什麼時候……」

……這也難怪。

畢竟我們之前都沒流露出那種感覺。

二斗似乎沒發現他們（還有我）的動搖。

「哎呀～～因為我愛上巡了嘛～～」

二斗用羞澀的表情繼續說道。

「所以我就跟他告白了，要他和我交往。」

「真的假的～～真有妳的，二斗！」

「不會吧……居然是千華主動……」

「有什麼關係，我會替你們加油。」

「千華……告白了……怎麼會……」

大家你一言我一語地討論起來。

六曜學長果然是個好人，感謝你！

五十嵐同學的反應則相反。這是事實，請妳接受吧……

與此同時……我也覺得有些意外。

首先，我沒想到她會忽然像這樣跟大家報告。在第一輪高中生活中，我們交往時也沒有發展到跟周遭的人報告的程度，這次不知道是吹了什麼風。

最讓我驚訝的是——

「就是這樣，以後請大家多多關照喔！」

說完，二斗還對他們露出燦爛的笑。

她彷彿本來就打算「這麼做」——

＊

「——呼，全部回完了！」

當天結束同好會活動後，我跟二斗一起回家。

應該是回覆完與音樂相關的訊息，只見她從手機上抬起頭，一臉無奈地邁開步伐。

「哎呀～～第一支ＭＶ的公開日已經確定了，接下來會越來越忙啊。」

「喔，辛苦啦，應該很累吧。」

「還好啦～～但我得加把勁才行。」

二斗的語氣輕快，「啊哈哈」地笑著。

「馬上就要展開活動了，凡事的開端都是最重要的嘛。」

——時節即將進入梅雨季，氣溫和濕度都很高。

空氣中混雜了柏油路的悶濕氣味。

回來過去後，差不多快兩個月了。（這說法有點奇怪就是了）

以體感來說，比起未來，我反而逐漸適應了這邊的季節感。

「……對了，巡。」

她忽然望向走在旁邊的我。

「剛剛我跟大家報告交往消息的時候，你的表情很驚訝耶。」

「……啊～～」

「那是怎麼回事？剛才的確是很突然，但感覺還有其他原因。」

……她還是一樣敏銳呢。

儘管我當時也嚇得大喊出聲，但她居然連我的臉色都注意到了。

「……難道你不希望我告訴大家？」

她有些不安地歪著頭問。

在她的身影後頭，就快西沉的夕陽透出橙黃色。

從學校步行大約十分鐘，住宅區的狹小巷弄裡灑滿了暖色調的光芒。

面帶微笑的二斗逐漸融入這片景色當中，甚至讓我難以喘息。

「也不是啦……」

一開始我說得有些含糊，之後立刻在腦海中整理好自己的情緒。

「只是有種……飄忽不定的感覺。」

「飄忽不定？」

「雖然我們開始交往了，但後來又聊了時間移動這些重要的事，最後決定要維持現狀……這樣一來，我有點擔心我們的交往會變成怎麼樣……」

沒錯，有種「被當作沒這回事」的感覺。

明明變成了男女朋友，卻聊了太多其他更重要的議題，讓我覺得這件事好像被作廢了。

「所以……聽到妳那麼說，我就安心了。原來我們還是在交往啊……」

不過……我也覺得自己很沒用。

其實這應該由我主動詢問吧，問她我們現在是什麼關係。

但從二斗的反應來看，總覺得她可能會說：「交往的事？啊啊，那也不算數！」我就怕得不敢問出口。

「……謝謝妳，託妳的福，我總算放心了……」

我嘆了一口氣，並向二斗道謝。

可是——看到這樣的我……

看到我如釋重負，二斗竟然——

「……什麼嘛～～」

——發出愉悅至極的嗓音。

仔細一看——她臉上寫滿了喜悅。

臉頰染上淡淡的桃紅色，還露出嬌憨的笑容。

接著她用挑釁的口吻說：

「巡，你很擔心啊～～？」

「咦？嗯、嗯……」

「擔心跟我交往的事會不算數？」

「對、對啦……」

「喔～～原來是這樣～～」

二斗頻頻點頭，莫名地開心。

這、這傢伙是怎樣……幹嘛這麼興奮啊……

隨後——她像踏著舞步般來到我身邊。

「嘿！」

「……唔咦！」

——她挽上我的手臂，緊緊抓住走在旁邊的我的手臂。

我因為太過驚訝，下意識地僵在原地。

等等……太近了！這是我的人生中最接近二斗的一次！

她全身緊貼著我，好像還有股香味！感覺軟軟的！還很溫熱！

咦，這樣可以嗎！

這種狀況很像我在對她性騷擾吧！

「……怎麼樣？這樣就有我們是男女朋友的真實感了吧？」

「咦！啊、嗯、應該有吧，我也不知道……」

「嗯～～還不夠嗎……」

說完，二斗露出沉思的表情。

接著——她下定決心似的抬起頭。

「……嗯！」

——讓彼此的雙唇相貼。

這是第二次了。繼頂樓上的初吻後，這是第二次跟二斗接吻——

事發突然，我嚇得呆愣在原地。

二斗唇瓣的觸感還殘留在嘴上……

感受到帶著些許濕潤氣息的雙唇，鮮明的喜悅湧上心頭——

「……這樣如何？」

仔細一看，這麼說的她臉頰也被染成了桃紅色。

「這樣應該就能明白你是我男朋友了吧……？」

「……這、這樣就明白了。」

我壓抑著狂亂的心跳，頻頻點頭同意。

「謝謝妳，這樣我就不擔心了……」

「啊哈哈，那就好……」

二斗再次邁開步伐。

我也跟著她的腳步怯生生地往前走。

她抬頭看向北方飄著紫色雲彩的天空，鬆了一口氣。

「……你要按照約定，好好珍惜我喔。」

「嗯……」

「要一直留在我身邊喔。如果你敢劈腿，我就殺了你。」

「那還用說，儘管放心吧。」

聽到這句出乎意料的發言，我反射性地笑出聲。

「我看起來像會外遇的人嗎？我根本不可能喜歡上二斗以外的人，身邊也沒有那種對象啊。」

「真的嗎？」

「嗯！我敢保證！」

我對二斗用力點頭。

沒錯，我敢保證，可以毫不猶豫地斷言。

所以我深吸一口氣——

「畢竟在第一輪的高中生活——」

——對二斗大聲說出悲慘至極的事實。

「我從來沒有——跟妳以外的女孩子單獨相處過啊！」

——順帶一提，我沒把「真琴」歸類成女孩子。

因為她像是吉祥物，就容許我不把她算在內吧。

＊

「——剛說完那種話，馬上就跟同齡的女孩子獨處了……」

跟二斗聊完的下個星期。

「突然就跟五十嵐同學單獨相處了……」

離二斗家不算太遠的某個住宅區。

我坐在住宅區角落的公園長椅上，獨自抱頭苦思。

在我旁邊的是五十嵐萌寧同學，跟我和二斗一樣是天沼高中的學生，同屬天文同好會。

是個名符其實的——女孩子。

她有一頭微捲的淺色頭髮，身材十分嬌小。

妝容精緻，表情帶著幾分好勝，服裝則是時下流行的時髦穿搭。

沒想到我會有這種機會，跟女孩子在假日時單獨碰面……

……話說，這樣算外遇嗎？

只是兩人私下單獨見面，二斗也不能接受嗎？

那我該怎麼辦啊？我會被殺掉耶……

「……咦？你怎麼了？」

但五十嵐同學疑惑地歪著頭問。

「我們單獨見面不太好嗎？」

「對、對啊……」

我點點頭。心裡有種莫名的抗拒感，讓我不敢直視她的臉。

「妳想，我才剛交到女朋友就做出這種事，不太好吧……」

「呃，當然沒關係啊，我們只是聊幾句而已。」

「可、可是！」

五十嵐同學似乎覺得很麻煩，我卻無法抹去心中的不安。

「也不能說一定沒問題吧！二斗可能會擔心啊！」

「怎麼可能啦！她也不會把你綁得這麼緊！」

「妳哪知道！妳又不是本人！」

「啊～～煩死了！反正今後我們百分之百不會擦出火花！所以沒差啦，不要想太多！」

「……不不不，也不能保證是百分之百吧！」

這是理科男的天性。聽她說得這麼隨便，我就忍不住開口吐槽。

「因為某些不可抗力而擦出火花的可能性不是零啊！」

沒錯，一切都有可能發生。

比如忽然有強盜出現，逼我們：「馬上秀恩愛！」

或是被外星人綁架，把我們當成人類樣品，逼我們變成一對。

這些可能性確實趨近於零——但也不能斷言絕對不會發生才對。

目標成為天文學家的我想將這部分解釋清楚。

可是——

「……？」

——聽我這麼說，五十嵐同學一臉驚愕。

「不、不是零……？也就是說！坂本你是用那種眼光看我嗎……！」

她將身子往後仰，像要跟我拉開距離——

「……好……一定是我想太多了！」

……喂！

她剛才是不是想在「好」字後面接上「噁心」或「想吐」之類的詞！

雖然勉強矇混過去，但她剛才差點說出很難聽的話吧！

不過，我其實也不覺得我們之間會擦出火花啦！

只是想說「可能性並不是零」這句話而已！

『──我想找你聊一聊。』

上星期，五十嵐同學傳了這則ＬＩＮＥ給我。

就是跟天文同好會成員說過我跟二斗在交往的那天晚上。

『想聊聊我跟千華的關係。這週末可以嗎？』

──我跟千華的關係。

這位五十嵐同學相當依賴摯友二斗。

如果沒把彼此當成最重要的死黨，她就無法忍受。

她希望二斗跟自己一起上下學，不允許奇怪的人待在二斗身邊。

不論過去還是未來，都希望自己是二斗最親近的人──她似乎是這麼想的。

……嗯，偶爾會看到這種關係。

明明只是朋友，卻會產生莫名的占有欲。

比起平淡的相處模式，更緊黏著對方到近乎危險的程度。

我跟二斗剛開始展開天文同好會的活動時，也被她抗議過「二斗跟我在一起的時間都變少了」，甚至在我回家的路上埋伏我。

可是——五十嵐同學自己似乎也認為「這樣不好」。

跟我聊過後，她為了不再黏著二斗、不過度依賴的新關係，決定加入天文同好會。

經歷過招募新社員的種種過程——同好會的活動終於步上軌道了。

這時候，她就像這樣來找我商量「擺脫依賴的具體方法」。

「——我跟千華住得很近。」

五十嵐同學如此開口。

「走路大概只要二十秒吧？只隔了兩三棟房子，就在旁邊而已。」

「喔～～這樣啊。」

第一次聽到這件事讓我有些驚訝。

「之前我們不是一起去過二斗家嗎？所以那時候有經過妳家嘍？」

「嗯，有啊，直接經過了。」

「喔～～我都不曉得。但妳還特地來車站接我嗎？」

「啊～～對啊，這邊的路不太好找。」

「五十嵐同學，妳的這一面很體貼耶……」

——先確認她平常是怎麼依賴二斗的吧。

於是我開始聽五十嵐同學闡述「她和二斗現在是什麼關係」。

前陣子我已經了解她們從認識到變成死黨的過程了。

她們是在幼稚園時認識，大吵一架後變成好朋友。

所以我想確認現在的狀況。五十嵐同學是用什麼態度面對二斗？少了二斗之後，會痛苦到什麼程度？

從這個地方著手，或許能找到突破的關鍵。

「對我來說，像這樣跟她住得很近意義十分重大。」

五十嵐同學繼續說道。

「每天一起上下學，放學後也玩在一起，能像這樣長時間跟她膩在一起，我覺得非常開心。」

「啊～～原來如此～～」

住在附近的兒時玩伴，其實我也對這種情境有些憧憬。

如果意氣相投的人就住在附近，幼稚園、國小、國中、高中都讀同一間學校，那一定會把對方視為最寶貴的財產。

「因為住得很近，我們有什麼事都能馬上趕到對方身邊。」

五十嵐同學有點驕傲地繼續說著。

「我跟爸媽吵架嚎啕大哭的時候，還有莫名被老師斥責、火冒三丈的時候，千華都會馬上跑來我家。對了對了！」

說到這裡，她的情緒變得有些激動。

「國中的時候，千華曾經被不認識的男高中生纏上～～！因為那個人跑到她家附近，我就大發雷霆，報警又通知學校，把他逼退了！」

「真的假的！妳把他逼退了？」

「嗯！那時候真的好痛快～我把他往死裡罵……」

「……好可怕……」

五十嵐同學說得一臉陶醉，她的表情太恐怖了……

拜託不要時不時就讓我看到這些黑暗面啦……

而且國中生居然把高中的跟蹤狂逼退，雖然最後平安無事，但如果下次又發生同樣的情況，請妳找身邊的大人求助……

「對了對了，之前還有件事讓我很開心。」

五十嵐同學盯著從涼鞋露出來的腳尖，繼續說道：

「國中快畢業的時候，有堂課要我們發表『自己最重視的地方』，所以我就說是『自家半徑三十公尺的範圍』。自己家、這座公園還有千華家……這些平常身在其中、觸手可及的範圍，就是我最重視的地方。我家和千華家自然很重要，而這座公園也是。喏，畢竟我跟千華從幼稚園開始就天天在這裡玩嘛，充滿了非常多回憶……」

「喔～～感覺就像常來的公園？」

我嘆了口氣並望向四周。在住宅區中，這算是中等規模的公園。

遊樂器材、草皮和涼亭都有細心維護，現在也有幾對親子在前面玩耍。

想像著年幼的二斗和五十嵐同學在這裡玩耍的模樣，心情就不自覺地和緩下來。

「之後我沒抱什麼期待，只是單純好奇千華會說是哪裡。當時呢～～我覺得是自己比較喜歡千華，所以不期待她會有跟我同樣的想法。可是……她說是這裡，這張長椅。」

「喔！」

是我們現在坐著的這張木製長椅。

我忍不住對指著長椅的五十嵐同學大喊一聲。

「她說『是附近公園的長椅，我跟好朋友萌寧常常坐在那裡聊天』……我聽了真的很高興。原來千華也有把我放在心上，我們是彼此最重要的存在……」

「……這樣啊。」

「嗯，就是這種感覺。」

說完，五十嵐同學嘆了口氣。

「總之我們就是很親密的摯友。我跟她有數不清的回憶，總是玩在一起，有時也會吵架……但我覺得這輩子再也不會遇到這麼重要的朋友了。」

「原來如此……」

我終於理解她們之間的親密氛圍了。

不是只有感情親密，連物理上的距離都近在咫尺。

共同擁有數不清的回憶，總是在對方身旁。

儘管我沒有這種朋友，但這種關係感覺肯定不只是「朋友」，更像「家人」。

……之前她曾對我發脾氣，說我害她不能跟二斗一起上學。

她當時咄咄逼人地說「你害我不能跟千華一起上學」、「拜託你退出吧」，原來背後有這些原因。那時我還有點傻眼地心想：「不就是上學而已，有差嗎……」但現在能理解了。

「……不過——」

這時，五十嵐同學的神情變得有些落寞。

「我們已經是高中生了，不能一直維持這種關係吧……」

她茫然地仰望著天空，輕聲呢喃。

「我們都有各自的未來，我不能一直把千華占為己有……」
她說得也不無道理。
小時候光是住在附近就能變成好朋友。
一起經歷過許多時光，就能成為特別的關係。
可是——升上高中後，就不能老是把這些事掛在嘴邊了。
要認真面對社團和課業，自由時間越來越少，更何況五十嵐同學的對象是二斗。
二斗將在這三年躍升為舉國皆知的人氣音樂家，變成另一個世界的人。
其實接近畢業的那段期間，她幾乎都沒有到校上課……她們不能時時刻刻都維持著類似家人的關係。
「我該用什麼態度面對二斗呢……」
說完，五十嵐同學一臉頭痛地看向我。
「不好意思……這部分要麻煩你跟我一起思考了。」
「……ＯＫ，包在我身上。」
看到她的表情——我也再度心想。
我希望二斗跟五十嵐同學往後也能維持良好的關係。
儘管形式改變，我仍希望這對難能可貴的摯友能繼續把對方放在心上。

若能成功，對二斗的未來應該也有正向的影響。

我有一股預感，不論是她本身面臨的問題，還是重來好幾次都想解決的事情，五十嵐同學的存在一定與破除她的無限循環有關。

所以——我靈機一動。

——先回未來一趟好了。

先確認她們維持現在的關係會走向何種結局，以及她們需要什麼。

考慮到未來，那應該是最有效率的方法……

「……對了。」

——我如此心想時。

五十嵐同學忽然用不曾聽過的語氣對我說。

仔細一看——她的態度變得忸怩，有些害羞地將視線移到腳邊。

「坂本，最近怎麼樣？」

「啊？什麼？」

「就是！那個……」

五十嵐同學不斷抿嘴，又瞥了我一眼。

「……你跟千華，最近怎麼樣？」

「啊、噢……」

我終於聽懂她想說什麼了。

原來如此……「開始交往了，最近怎麼樣」的意思啊。

也對，撇除依賴的問題，她當然會在意吧，畢竟最親近的女孩子交了男朋友。我也該向她報告現狀。

但我不知該怎麼說。

「嗯～～我們……處得還不錯吧……」

我回答得非常籠統。

「也完全不會吵架……還算順利啦……」

畢竟我們才交往不到十天，時間這麼短，也沒辦法吵架。

雖然時間移動的問題讓雙方有些僵持，但也不能把這件事告訴五十嵐同學……

……不過，這樣果然很難為情。

要解釋我跟她之間的關係，感覺好害羞喔。

我的聲音越來越小，腳也不安分地動個不停。

「是、是喔……原來如此……」

聽了我的回答，五十嵐同學的臉頰也莫名染紅，態度變得忸怩。

她是怎樣啦，明明是她先問的，別害羞成這樣啊……

「順、順便問一下！」

她的聲音因為內心動搖而有些顫抖，繼續說道：

「那個～～……你們已經、那個了嗎……」

「……啊？哪個？」

「哎喲，就是！唔～～變成情侶之後……那個……不是會有些肢體接觸……」

「……不不不！沒有啦！我們才剛交往耶！」

一般也不會問到這方面吧！

呃，雖然她有貼在我身上，用某個部位碰到我啦！

但我從來沒有……故意去觸碰她的身體！

「可、可是，那個……！」

五十嵐同學卻不肯善罷甘休。

「那……有接吻嗎……」

「咦……」

「都是高中生了，這點事總有做過吧……？」

「……這、這個嘛……」

我頓時支吾其詞……開始猶豫這件事該不該說。

二斗也沒事先跟我討論就向大家報告了。

私下跟她的好朋友說這種事應該沒關係吧……

「那樣算是有吧……呃，嗯，有啦。」

……希望這答案能讓她滿意。

但願這段讓我羞愧難當的戀愛話題能就此結束。

我心中如此期盼，可是——

「——啥！」

——太突然了。

她的嗓音本來漸趨微弱，這時卻忽然失控大喊。

「你、你跟那個千華，已經做過那種事了嗎！」

「咦，妳、妳幹嘛忽然這樣……」

「因為你們才剛交往沒多久耶！沒問題嗎！千華不會排斥嗎！」

「哪會排斥啊！而且是她主動親我的耶……」

「不會吧……！」

五十嵐同學神情錯愕，嚇得瞪大雙眼。

「千華，妳怎麼……跟坂本這種人……」

哪種人啦。我說妳啊，我好歹是二斗的男朋友耶……

五十嵐同學還是對我那麼壞，讓我有點沮喪，但她微微低下頭。

「……無所謂啦。」

「啊……？」

「我跟她也……過澡。」

她用沙啞的嗓音如此呢喃。

「咦，妳、妳說什麼……？」

「……我說！」

這時——她抬起頭，狠狠瞪著我。

「我——有跟千華一起洗過澡！」

「妳幹嘛對我燃起對抗意識啦！」

我們的喊叫聲在公園的天空迴響了一陣子。

使面前的那些親子露出狐疑的表情後，逐漸消失不見——

＊

「喔，現在的五十嵐學姊啊……」

我久違地回到三年後的社團教室。

聽我解釋完來龍去脈後，真琴不知為何一臉為難地環起雙臂。

……仔細想想，我也已經一週沒見到這裡的真琴了。

她有一頭金色短髮，隨意亂搭的制服一看就違反校規。意外成熟的面孔露出思索的表情，就像老師在打分數。

「對，妳能不能問問本人，在那之後她跟二斗的關係如何？」

說完，我拿起放在一旁的礦石標本，目不轉睛地盯著看。

「先知道未來發生了什麼事，回到三年前時也比較好處理。」

「原來如此……」

真琴點點頭。

這個動作看起來跟第一輪高中生活時沒什麼兩樣……但還是有細微的變化。

首先，她對我的態度變得有點生疏。

跟第一輪不同的是，這次除了真琴，天文同好會還多了兩名成員。
以往只有我跟她共處的時間濃度變淡了一些，似乎也產生了一點距離。
……這讓我覺得有點寂寞。
過去那種毫無拘束的感覺消失了，實在可惜，但是就順其自然吧。
所以我想先思考如何改變過去的世界。
而且現在真琴的立場似乎變成了天文同好會社長。
因為我們過去的奮鬥，這個時間軸的天文同好會就躲過了廢社的命運。
後來每年都有順利招募到新社員，現在包含真琴的學弟妹在內，總共有六個人。
我環視社團教室一周——跟過去以廢社為前提的時候相比，整體氛圍變了很多。
廢棄物都處理掉了，備品也整理得乾乾淨淨。
有一個似乎是新買的書櫃，還有看似社員裝飾的幾張天體照片，而且……書櫃上甚至出現了以往從沒見過的地科資料。
看來這間教室原本是當成地科資料室。
在第一輪的高中生活根本無從得知這些細節，所以感覺有點新鮮。
另外也能看到漫畫、遊戲機和筆記用具等社員的個人物品。
看來我不認識的未來學弟妹也都很喜歡窩在這間教室。

「那個……」

然後——經過沉思般的沉默後，真琴難以啟齒地說：

「……要跟五十嵐學姊打聽消息，可能不太容易。」

「咦，為什麼？」

「嗯～～我猜她本人也不想說。」

「為什麼……？」

「我也不太清楚，但……我聽說二斗學姊和五十嵐學姊在高一的暑假前……」

高一的暑假前。對三年前的我們來說，是即將發生的未來。

接著——真琴不知為何一臉愧疚地低下視線。

並用吞吞吐吐的口氣——繼續說道：

「——大吵一架之後，絕交了……」

第二話 chapter2

【夢想家入門】

「——好久不見，坂本。」

總覺得——變得精緻脫俗了。

在三年後的世界，五十嵐同學下個月就要進入專門學校就讀了。

她抬頭看著我……氣質變得比高一時更加成熟。

「我們多久沒說話了，搞不好……隔了將近一年？」

髮型、妝容和服裝，基本上都跟當時沒變。

但在我看來，她整個人都變得高尚優雅，穿搭風格也成熟俐落，就算說她超過二十歲我也相信。我甚至覺得身材嬌小的她長高了一些。

……說到「現在」的她，就會想到畢業典禮。

看到二斗失蹤的新聞後，驚慌失措的她讓我印象深刻，但現在的她卻少了那種悲悽感，或許在這個時間軸的她看到新聞後，情緒沒這麼激動。

而且好像……還散發著一股香味，是一種成熟冶豔的花香……

她應該用了香水之類的香氛吧……

「一年……啊、啊啊，這麼久了啊……」

我不曉得自己在這個時間軸的立場，勉強擠出笑容配合回答。

「抱歉，隔了這麼久忽然把妳叫出來……」

「沒事沒事。」

說完，五十嵐同學微微低下視線。

「因為我也……有點想找人聊一聊。」

——我跟她約在荻窪站碰面。

在三年後的世界，我傳LINE告訴她「見面聊一聊吧」，而她指定的碰面地點就是荻窪站。

沒來由地……我還以為她會約我到那個公園，有股會在那裡談話的預感，所以有些出乎意料。

「那個～～我想去散散步，可以嗎？」

「啊啊，要一邊走一邊聊嗎？可以啊。」

「謝謝你，那就出發吧。」

「好。」

我們互相點點頭，邁出步伐。

穿過荻窪站，走出南口後，往西荻方向走去。

現在正值春假，車站前非常熱鬧，有看似要出遊的年輕人、工作中的大人，還有帶著小孩的父母。

在這之中，我們沒說幾句話。這讓我深刻體會到，我們真的就如五十嵐同學所說，將近一年沒說過話了。

＊

「——其實我很自責。」

此刻右手邊緊鄰著高架橋，五十嵐同學看著偶爾經過的總武線和東西線電車，緩步往前走。

「自責？」

「嗯，就是千華失蹤的事。」

她點點頭，並將視線往下移。

「如果我們沒吵架，如果我們現在還是朋友，她可能就不會發生這種事了……」

——三月下旬。

空氣中還殘留著幾分冬日刺骨的寒意，但陽光漸漸暖起來了。

拂面吹過的風中似乎帶著一絲花香，於是我深吸一口氣。

若情況不是如此，這應該是超適合散步的好天氣吧。

「她到底去哪裡了……」

「就是啊。」

「我猜她應該平安無事……」

——失蹤。

即使這次天文同好會逃過了廢社的命運，狀況跟第一輪的高中生活不一樣，二斗還是在畢業典禮前夕失蹤了。之後她毫無音訊，似乎沒有人知道她身在何處。

然而跟第一輪不同的是，這次她似乎沒有留下遺書，取而代之的是寫著「我要到遠處生活」、「別來找我」的信。這應該是改寫過去後得到的一大進步，二斗的態度確實軟化了。

話雖如此，畢竟是人氣音樂家失蹤了，這個消息成了頭條新聞，警視廳還是在追查她的下落，目前仍無法確認她的人身安全。

「……對了，說到這件事。」

我不知該怎麼開口才對，所以用自然探聽的語氣問道：

「五十嵐同學，能跟我說說妳跟二斗吵架的細節嗎？」

「……咦，我不是說過了嗎？」

五十嵐同學一臉不解地回頭看我。

「當時你還拚命問我『為什麼！』、『沒辦法和好嗎！』這些話耶。」

「啊～～……是嗎？有這種事？」

「你還費盡心思替我們調解，不記得了嗎？」

……喔，那就表示這個世界過去的自己也努力過了吧。

不過也對，此刻我所在的是「阻止了天文同好會廢社」的未來才對。

那當時的我一定曾盡其所能地拚命阻止。

「啊～～抱歉抱歉，我也那個……受到很大的打擊。」

我抓抓頭髮，勉強掰出藉口。

「可能是因為這樣，我時常會忘記當時的事……」

「啊啊，這樣啊……」

五十嵐同學皺緊眉頭，似乎在同情我。

「不過，我想找出二斗失蹤的理由，所以現在正到處找她身邊的人問話。」

我只是隨便說說，當然沒這回事。

就算真的要查，對方可是赫赫有名的二斗，怎麼可能會有人大方地跟我分享不能搬上檯面的情報。

可是……

「所以……可以再跟我說一遍嗎？」

我向五十嵐同學這麼問道。

「妳為什麼和二斗吵架？把過程、結果跟最近的狀況都告訴我。」

「……咦～再說一遍？」

她眉頭緊皺，似乎有些為難。

「嗯嗯……我不太想講耶……」

這也難怪，哪有人會想談論自己跟死黨吵架絕交的過程啊。

而且對方現在還下落不明。

但她嘆了一口氣，似乎稍微下定了決心。

「……唉，算了。」

並轉頭對我說：

「你應該也有自己的打算吧。」

「……謝謝，幫大忙了。」

「畢竟過了兩年，記憶有點模糊，細節也記不清楚，這樣也沒關係嗎？」

「當然。」

「好。」

五十嵐同學點點頭，將視線轉回前方，似乎在回想當時的情景。

不知不覺間，我們已經離荻窪站很遠了，周遭的景色也變得陌生。

「……升上高一沒多久，她就加入經紀公司了吧，叫什麼來著？」

「噢，INTEGRATE MAG。」

「對對對，我記得當時規模還小，旗下也只有千華一個人。」

「是啊……」

「不過馬上就開始認真做活動了……」

五十嵐同學揚起視線，似乎在回想過往。

「千華加入公司後，推出的單曲馬上轟動全網，於是越來越多人簽進公司，好像有配音員……跟直播主吧。」

「啊，這、這樣啊……」

這段經歷應該跟第一輪的高中生活沒什麼差別。

我也記得自己當時在二斗身邊，親眼見到她的生活因為這樣變得多采多姿。

但就如五十嵐同學所說，這也是兩年多以前的事了。

記憶會模糊斑駁，我的反應自然也會變得平淡一些。

「那些人也都一夕爆紅，INTEGRATE MAG本身就受到矚目，千華就像是公司裡的核心人物……從那時候開始——」

說到這裡，五十嵐同學的嗓音變得更加苦澀。

「從那時候開始……她對我的態度就變了。」

「那是……」

由於實在難以啟齒，我努力斟酌詞彙後問：

「態度……變得很隨便嗎？」

「啊～～嗯～～也不是、那種感覺啦……」

五十嵐同學雙手環胸，露出回想當時心境的表情。

「她並沒有隨便應付我，還是用她的方式把我當成死黨。」

「這樣啊，那是哪裡變了……？」

「這個嘛，雖然不好形容……」

五十嵐同學的視線在空中游移了一陣子。

「只是想到我的時間變少了吧？」

「……時間？」

「對。」

五十嵐同學點了一下頭。

「我知道她很重視我，也知道我在她心中很特別，可是她太專注於音樂和公司的人，一整天都在想這些事……連我也能感受到，我在她人生中的占比迅速下滑了。」

說著，她有些落寞地歪起嘴角笑道：

「我們漸漸不再關心對方，聯絡次數越來越少，話題也不再投機。最關鍵的原因，應該是我們一起度過的時間變少了，所以雙方都覺得尷尬彆扭，有時還會吵起來。」

「……這樣啊。」

——想到對方的時間變少了。

這確實是讓人際關係發生巨大轉變的原因。

而且——我回想。

能待在二斗身邊，五十嵐同學就會很開心。

感覺她很期望自己跟二斗的關係就像家人般親密。

若是如此，二斗像這樣和她漸行漸遠，或許會讓她寂寞到難以忍受。

「然後——對了，最主要的原因是她的線上演唱會吧。」

「噢，線上演唱會……」

在某個時期以後，二斗確實會定期在影音平台上開線上演唱會。

起初在線觀看人數只有數千人左右，但她的知名度在高中三年間繼續提升，畢業前的直播規模已經突破五萬人。

「她第一次開直播的時候……發生了一些事，讓我跟她大吵一架。」

「……原來如此。」

——大吵一架。真琴也說過這四個字。

「所以……在那之後，我們就再也沒說過話了。」

「……咦，再也沒有？到今天為止真的一句話都沒說過，連LINE都沒傳嗎？」

「嗯，都沒有。」

「……為什麼？」

我單純覺得疑惑。

「只是吵一次架，為什麼會鬧成這樣？理由是什麼……」

「……理由啊。」

五十嵐同學輕輕嘆了口氣。

「我……不太想說。」

「是嗎……」

「抱歉，我心裡也還沒有放下這件事，可能因為我還……」

五十嵐同學露出有些苦惱的笑容。

接著像在坦承罪狀，苦澀地說——

「還沒辦法……原諒千華。」

——沒辦法原諒。我懷疑自己聽錯了。

那個五十嵐同學居然不肯原諒二斗。

那次爭吵讓過去如膠似漆的兩人之間出現了裂痕……

到底是怎麼回事？

究竟是什麼原因，讓兩人的關係就此惡化，甚至到絕交的地步？

「……啊啊，已經能看見西荻站了。」

五十嵐同學看著馬路另一頭這麼說。

「我們走了很遠呢。」

「是啊。」

「……只是一晃眼而已。」

「……就是啊。」

總覺得她說的「一晃眼」……

不單單是指荻窪到這裡的距離，還有跟二斗成為朋友後，到現在關係破裂的感受。我們輕輕點頭附和對方，沒有看向彼此的臉。

＊

「——唉～～怎麼辦啊～～」

然後——我回到三年前的世界。星期五的夜晚，我躺在房間床上。

等待二斗第一支MV首播的期間，我獨自苦惱低吟。

「接下來我要怎麼調解二斗跟五十嵐同學的關係啊～～我該怎麼做啊～～……」

這次的行動目的，是讓五十嵐同學戒除對二斗的依賴。

五十嵐同學應該徹底改變，我原本打算只靠我和她來解決。

可是……那場爭吵，感覺二斗那邊也有問題。只有五十嵐同學改變，或許只是治標不治本……

……既然如此，我接下來該如何行動？要如何走向「不會吵架又能戒除依賴性！」這皆大歡喜的未來……

「……喔，快開始了。」

想著想著，手機上顯示的影音平台開始重整了。

畫面切換後，就看到二斗MV的首播進入倒數計時。

「先認真看這支MV吧……」

二斗前幾天有稍微提到，她的第一支音樂錄影帶會在今晚八點公開。

以往二斗的活動只是上傳「自彈自唱影片」。

寫寫原創曲，在社團教室自彈自唱拍成影片，公開在網路上。

還只是個高中生的她，只能做到這些。

可是這次——加入經紀公司INTEGRATE MAG之後，能做的事情變多了。有了工作人員和預算，也能更有餘裕地活動，因此她的第一支MV在萬全準備下製作完成。

二斗本人也不斷叮嚀每個社員：「影片會在這天公開！」「有時間的話要看喔！」

而現在——

「……哇，天啊，等待人數有一千五百人。」

看到網站播放待機畫面上顯示的「觀看人數」，我忍不住驚嘆。

歌曲都還沒開始播放，就有超過一千人在等了啊。

真不愧是二斗……我如此心想。

「……奇怪，第一輪的高中生活也是這樣嗎？」

卻也忽然產生這個疑問。

畢竟體感上是三年前的事情，記憶很模糊，但我記得她在這個階段的知名度應該更低一點。對了，這個時期好像還沒拍ＭＶ吧……

……難道這次的二斗發展得比以往還順利？

照這樣來看，同時在線觀看人數最高可能會衝上三千人……？

平常自彈自唱影片的平均播放數就有好幾萬了，就算達到這個數字也不足為奇。

就在我思考的時候。

「……開始了！」

——畫面上的倒數動畫結束了。

我緊張地嚥下一口氣，同時——畫面轉暗。

隔了好長一段時間後，ＭＶ開始播放。

ＭＶ的第一幕——

「……喔喔……」

——是正面面對鏡頭的ｎｉｔｏ。

——ｎｉｔｏ坐在鋼琴前，直視著鍵盤。

微微睜開的雙眼，晶瑩剔透的雙頰，嘴角充滿了緊張感——

她穿著一套黑色洋裝。

在全白的空間中，鋼琴和nito的黑色格外醒目。

這種視覺效果彷彿將她的世界觀具體呈現出來，用視覺表現出她的才能——

——我感受到一股寒意。

她不是二斗，而是nito。

坐在那裡的人，無疑是幾年後將變成國民音樂家的天才少女。

播放畫面旁邊的聊天室刷新速度頓時加快。

速度快到眼睛快要追不上文字了。

我瞥了一眼——發現觀看人數已經超過三千人。

早已超出了我的預測。

然後——

——畫面裡的她深深吸了一口氣。

旋律從她的喉間流瀉而出——歌曲正式開始。

開頭是令人印象深刻的副歌，節奏十分輕快，在日後將成為n·ito的初期代表歌曲。

演奏畫面中加入了動畫特效，宛如要與華麗的音符互相較勁。

在鋼琴前自彈自唱的n·ito彷彿在翩翩起舞。

周圍還有象徵草木萌芽的動畫特效。

——有種被人狠狠潑了一盆水的衝擊感。

聊天室的文字刷新速度驟減，也表現出聽眾的動搖和興奮之情。

在我驚訝屏息的期間，歌曲漸漸變得多采多姿。

演奏的樂器緩緩增加，鼓聲帶來節奏，吉他在n·ito的歌聲上錦上添花。

伴隨而來的，是同時在線觀看人數再次爆發。

每次進入副歌，聊天室的熱度都會明顯攀升。

來到歌曲尾聲時——

「……喂，真的假的。」

觀看人數超過九千人，差一點點就能達到萬人門檻。

「天啊……要突破萬人大關了……」

我只是一個觀眾，掌心卻不斷冒汗。

一股寒意竄過背脊，嘴脣微微顫抖。

而且——我的心臟，以及湧上胸口的那份熱意，都因為感動和衝擊而猛烈地跳個不停。

歌曲來到最後的高潮，我從小小的手機畫面中感受到被人猛揍一頓的衝擊——

——畫面轉暗。

——靜默無聲。

……結束了。

nito第一支MV的首播結束了。

畫面顯示出nito的名字和歌名後——影片結束。

……我愣在原地。

只是用手機觀看MV。

而且是在社團教室現場聽過無數次的歌曲。

撼動全身的這股熱度卻讓我難以動彈——

「……對、對了！」

——我猛然回神。

我馬上察看手機畫面……發現同時在線觀看人數變成一萬多人。

聊天室裡全是盛讚的文字。

『我起雞皮疙瘩了』

『有夠天才……』

『我以前沒看過她，她很有名嗎？』

『她一定會紅啦』

「天啊，反應超好的……」

我低聲呢喃，同時點開ｎｉｔｏ的頻道首頁。

確認頻道的訂閱數……發現漲幅驚人。

現階段可能是ＭＶ公開前的一點二倍。

「……這樣真的會一發不可收拾吧。」

心中的強烈預感讓我再次自言自語：

「人氣會大爆發……」

我先關掉影音平台的APP，滿懷期待地點開Twitter的APP。

輸入「nito」搜尋後──出現數不清的推文。

我找到了幾百、幾千則推文在談論剛剛那支MV。

除了讚美，還是讚美。影片連結就像漣漪一樣擴散開來，以驚人的速度不斷被轉傳，其中甚至還有國內知名音樂家發表的推文。

「……紅了。」

我一個人對著空氣自言自語。

「二斗爆紅了……」

──能明顯感受到二斗跨越了那條線。

感覺她不再是普通的高中生了。

換句話說──我能切身體會到她成功躋身國內屈指可數的新銳音樂家之列。

心跳再次加速，想大吼出聲的衝動驅使著我，但是……

「……不對，先冷靜一下。」

我喃喃自語，並做了個大大的深呼吸。

現在就算我心生動搖也無濟於事。

二斗的人生大事正在我眼前上演。

我得想想自己該做什麼……

INTEGRATE MAG應該會受到這股爆紅之勢影響，拓展規模，簽下更多新創作者。事態會如我所知的，一如未來的五十嵐同學告訴我的那樣發展。

既然如此——

「……不能再繼續拖下去了。」

得盡快採取行動才行。

就算順其自然，情況也不會自行好轉。

「那……明天就打給她吧。」

總之——先去洗澡思考對策。

下定決心後，我就從床上起身，走出房間。

＊

「——喂？」

隔天，星期六中午。

我馬上打電話給五十嵐同學。

「不好意思，五十嵐同學，方便講電話嗎？」

『……啊啊，嗯，可以啊。』

隔了幾聲撥號聲後，我聽見五十嵐同學的聲音。

——好像隱約聽見了水聲。

電話另一頭響起水流動的聲音。

五十嵐同學先把話筒從嘴邊拿開。

『——媽媽，對不起！我要講電話！可以幫我洗碗嗎？』

『啊啊，好～～』

並跟媽媽說了幾句。

「啊，抱歉，妳在忙嗎？」

『不，沒事，只是在做家事而已。』

「喔……」

有點意外。

要說的話，五十嵐同學在學校感覺花枝招展，沒什麼生活感。

原來她在家裡會洗碗啊……

我是都把這些事丟給爸媽，在家只會耍廢的那種人，所以不禁對她肅然起敬。

『……對了，千華很厲害耶。』

五十嵐同學這麼說，能聽見她移動到其他地方的聲音。

『昨天的MV首播。』

「啊～～對啊。」

『我也看了，真的好感動……』

「我也是……對了，我打給妳也是為了這件事。上次妳找我商量之後，我想了很多，最後想到一個好主意！」

『哦，真的嗎？說來聽聽。』

「五十嵐同學……妳有夢想嗎？」

『夢想？』

「對，我想知道妳有沒有目標，就像二斗全心投入音樂那樣。喏，如果努力實現夢想，或許就能慢慢戒除對二斗的依賴吧？」

——這就是我想到的作戰。

一個人在浴缸裡不斷苦思，才終於想到這個戒除二斗依賴症的作戰。

我命名為「為其他夢想神魂顛倒！大作戰」。

換句話說，就是讓五十嵐同學將在二斗身上感受到的委屈如實奉還。在二斗沉浸於音樂，無法把時間分給她之前，就先把自己的時間分出去，在其他事情中找到樂趣。

說到底——五十嵐同學之所以會對二斗產生依賴，不就是因為她抒發情緒的管道太侷限了嗎？假如能找到其他想做的事，有其他抒發體力或情緒的管道，跟二斗相處時應該就能取得更良好的平衡。

『啊～～你聽我說！』

五十嵐同學在電話另一頭的嗓音提高了一些。

『我也有想到這個方法！想找個夢想或想做的事！』

「喔～～這樣啊！但這畢竟是經典不敗的套路啦，這種時候就要開創嶄新的道路。」

『對呀，而且……』

五十嵐同學坦言道：

『……其實在同好會時，我也很羨慕大家。』

「羨慕？」

『喏，除了我之外，大家不是都有目標嗎？坂本是天文學，千華是音樂，六曜學長也是為了替未來創業做準備，才會加入同好會吧？』

除了五十嵐同學，其他人確實都有夢想。

天文學家、音樂家、創業家。

每個人都認真朝著目標邁進，為了夢想各自展開行動。

五十嵐同學也有「找到和二斗的新關係」這個目標，但這應該不太算夢想。

『所以——我也想找到自己的夢想，找個能讓我全心投入，全力奮鬥的夢想。』

「這樣啊……」

原來她有想過這種事。

她從來沒表現出這種態度，所以我完全沒發現。

「結果呢？妳有想到哪些想做的事嗎？」

『有有有，有好幾個～～我不知該從何下手……』

這時，五十嵐同學的語氣加入了些許探問之意。

『對了，坂本……既然要做，你可不可以陪我？我想先在各方面都嘗試看看，可是一個人實在很寂寞，你假日時可以陪我嗎？』

「啊啊，嗯，當然可以。」

五十嵐同學當然看不到我的反應，我還是將手機貼著耳朵點點頭。

「畢竟是我提議的，我當然會陪妳。」

『感謝你～～因為我不喜歡孤零零的感覺！』

都插手到這個地步了，現在才說「之後妳就自己努力」也太無情了。我本來就打算一路奉陪到底。

只是這樣還是對二斗有些抱歉。我姑且會事先報備，雖然不會到被殺掉的地步，但可能還是得吃上一拳吧，這也沒辦法。

「……我才想問，妳真的要找我嗎？」

我忽然有些好奇地詢問五十嵐同學。

「應該找其他跟妳更要好的朋友吧？」

除了二斗之外，她在班上也有一些朋友，就是那群氣質與她相近的時髦女同學。只要五十嵐同學開口，跟她們一起嘗試會比較有趣吧。

可是——

『不，我就要坂本。』

「咦……」

『我不要其他朋友，就要坂本。』

她的說法讓我不禁怦然心動。

……這是什麼意思？

「就要坂本」這種說法，感覺莫名曖昧。

……難道、難道五十嵐同學……

心裡其實對我……？

就在我的心為之動搖時，五十嵐同學用極為爽朗的嗓音繼續說——

『如果是你，我就可以隨便敷衍啦！』

「喂！是因為這樣嗎！」

『就算嘗試之後覺得無聊，對你也不必顧慮太多吧？因為又沒差！』

「說得太難聽了吧！至少可以再委婉一點！」

也可以說是「因為能隨時約你出來」吧！

為什麼要故意這麼帶刺啦！

『——總而言之……』

她把我的抗議當成耳邊風。

電話另一頭又傳來五十嵐同學愉悅的嗓音。

『這段時間我會多方嘗試，你要陪我喔！坂本！』

「……嗯，包在我身上。」

她實在太不按牌理出牌了，我輕輕嘆了口氣。

但也忍不住笑出聲來，回答時的心情不算太差。

於是，我跟五十嵐同學的尋夢之旅正式展開——

＊　＊

「——鏘～～！這件怎麼樣！」

「喔……不錯啊，我覺得很適合妳！」

——隔週週末。

我和五十嵐同學來到都內屈指可數的時尚城——原宿。

現在我們在某間老字號的古著店。

五十嵐同學在雜亂地擺著衣服的試衣間將挑選的單品都穿上，再讓我欣賞她的搭配。

「這件搖滾風T恤感覺會很上相吧。」

五十嵐同學將紮進牛仔寬褲的T恤拉開並這麼說。

「像我這種人穿上渾身帶刺的龐克風，感覺滿有趣的。」

「啊～～的確是。這種反差可能很有衝擊感！」

——我想成為時尚網紅！

這是五十嵐同學第一個提出的願望。

以前她就很喜歡服裝，也會在ＩＧ上追蹤時尚人士研究穿搭，想找出自己喜歡的風格。

既然要找個興趣，那我也想成為引領時尚的那些人。她似乎是這麼想的。

嗯，的確是很適合五十嵐同學的夢想，完全可以理解。

所以為了採買拍攝用的服裝，我們最近常跑原宿，像這樣尋找時髦又上相的衣服。

……不過我本身對時尚一竅不通，也不知道自己能幫上什麼忙，但應該還是能給出直率的感想。

——順帶一提……

往後可能會常常跟五十嵐同學出門這件事，我前幾天也跟二斗報備過了。

「那、那個！這當然不是外遇喔！」

一起走路回家時，我對擺臭臉的二斗拚命解釋。

「那個，因為……因為跟時間移動有關，所以我不能說得太明白，但為了我跟二斗的未來，我必須這麼做……」

為了讓五十嵐同學和二斗維繫交情，我要跟她一起找出目標——這部分我選擇先隱瞞。

畢竟就像二斗之前所說，如果把這些事告訴當事人，有種本末倒置的感覺。

二斗似乎也察覺到我的想法。

「……好啦。」

二斗嘟起嘴脣表示同意。

「沒關係，你就去吧，但平常要對我好一點喔。還有，你要是有一根手指敢碰她，我就殺了你。」

「一根手指頭！」

——所以我決定跟五十嵐同學徹底保持零接觸。今天採買的時候，也時刻留意跟她保持最少一公尺的距離。

五十嵐同學完全沒發現我的苦心，心無旁騖地審視她的穿搭。

「不過這種寬褲好像還是去平價成衣店買新的比較好～～」

五十嵐同學盯著鏡子，從各種角度觀察自己的穿搭。

「古著感太重也不太好～～應該好好搭配現有的服裝……」

「……有點意外耶。」

我忽然有感而發。

「五十嵐同學居然會穿古著或平價成衣，沒有品牌迷思……」

我一直以為她只會穿價位偏高的衣服。

雖然不到精品的程度，但就是價格有點貴，年輕人會喜歡的服飾之類。

在ＩＧ上受歡迎的那些女孩不都是穿這種衣服嗎……

「不不不～～那些名牌很貴耶。」

五十嵐同學用極為理所當然的口氣對我說。

「而且那些人氣時尚網紅，有非常多人也會發表平價成衣的穿搭喔，ＹｏｕＴｕｂｅ也是，搞不好這才是主流呢。所以我想加入古著要素，創造出個人原創風格。」

「喔～～原來如此……」

是這樣啊，我都不知道。現在比起昂貴的服飾，或許大家更喜歡平價服飾。像我這種不擅打扮的人，反而很感謝這種風潮。

「嗯～～感覺太日常了。」

五十嵐同學看著購物籃裡的衣服這麼說。

「機會難得，我想做點挑戰……」

她一臉沉思地發出「嗚唔唔～～」的低吟。

「……對了！坂本你來選吧！」

「咦，我嗎！」

「嗯。只要預算在三千圓以內，隨便你挑，把你看上眼的衣服都拿過來！」

「咦～～可以嗎？我一點時尚品味都沒有耶……」
「我知道，但試著將這種人挑選的單品加入穿搭，或許可以打開另一扇門。」
「……嗯～～這樣啊。」
她很自然地認同了我沒品味……算了，這也是事實。
就幫她挑幾件我覺得好看的衣服吧。
我環視四周，心想：牛仔褲是最保險的吧。
「……那就這件吧。」
我把手邊這件磨舊風的牛仔褲拿給五十嵐同學。
這件是版型偏大的中性款式，跟其他件相比沒什麼特色。
感覺五十嵐同學很喜歡穿版型寬鬆的衣服，這件應該很適合她。
「哦……沒想到你選得那麼普通……也好啦！」
她點點頭，走向收銀台。
「這樣就買完啦！再來就回去趕快拍一拍吧！」
她像在哼歌似的，難得用打從心底感到開心的語調這麼說。

「——再等我一下～～只剩髮型了，我搭配服裝做點造型。」

「好喔～～」

然後——我們來到五十嵐家。

我坐在客廳的椅子上，等五十嵐同學完成今天的最後一套穿搭。

因為打鐵要趁熱，她似乎想在今天之內建立ＩＧ帳號，把買回來的衣服進行搭配後拍照上傳。

而我受她之託來幫忙，就極其自然地來到五十嵐家打擾。

這個狀況……不知道行不行。二斗能接受吧？還是有可能殺了我？

……不過……

「……」

環視四周，我實在難掩訝異之情。

——這個家非常老舊。

屋齡說不定有五十年左右。

五十嵐同學就住在這感受得到穩重威嚴的公寓裡。

由於擺放著全新家具和日用品，內部裝潢的感覺不算陳舊，但設備顯然是兩個世代前的東西，跟五十嵐同學年輕俏麗的感覺實在很不搭。

而且……這麼說有點失禮，不過空間非常狹窄，看起來只有兩個房間，分別是我所在的這個客廳，跟五十嵐同學的書房兼寢室……

也沒看到她的家人，是不是去工作了？

如果五十嵐同學跟父母三個人住在這麼狹小的空間，生活應該會一團亂吧……

「——久等啦～～」

我思考這些事時，五十嵐同學拉開和室門走出來。

「用你挑的牛仔褲來穿搭，總算有點感覺了。」

「……喔喔，真的耶！超級適合妳！」

如她所說——五十嵐同學把我挑的牛仔褲穿得非常好看。

露肩針織棉上衣、棒球帽、流行的小尺寸包款都跟那件牛仔褲不好搭在一起，她卻將這些元素完美融合。

如果要我比照辦理，一定會穿得亂七八糟。

五十嵐同學的品味果然很好……

「呵呵呵，太好了，那趕快來拍吧！」

「好，交給我吧。」

聊了幾句後，我們便開始拍照。

五十嵐同學將緊閉的窗簾當成背景，擺出各種姿勢。

而我用手機拍照時，會刻意用看不清長相的角度拍攝。

整體構圖就是「這次雖然不打算遮住整張臉，但還是避免完全曝光」。

「……好了，大概是這種感覺，怎麼樣？」

「喔喔，很好看嘛。」

大致拍了幾張後，我們一起盯著手機看。

「這樣今天就能上傳四五張照片吧。」

「是啊，應該能挑出幾張不錯的照片。」

「有這麼多照片，或許正好適合當作新帳號的第一篇貼文呢～」

五十嵐同學一邊說一邊用手指滑過螢幕。

確認完幾張照片後……

「……欸，坂本，你這是什麼姿勢？」

她忽然覺得不太對勁，往我這裡看。

「拚命把臉往這裡湊過來……身體卻離這麼遠……」

——我的姿勢的確很詭異。

我把臉湊近手機，仔細地看著螢幕。

但因為不能碰到她，我用盡全力把脖子伸長，身體與她保持距離。

「……啊啊，沒有！不要想太多！這是我個人的問題！」

也不能老實告訴她「我碰到妳就會沒命」。

於是我發出乾笑聲蒙混過去，身體又慢慢遠離五十嵐同學。

「那個，就是類似拉筋的動作啦，啊哈哈！」

然而不安還是揮之不去。

感覺一不小心就會跟她貼在一起，所以為了保險起見——

「……如果妳不介意，可以也擺出一樣的姿勢嗎？」

「打死我都不要！」

——結果發生大事了。

當天晚上，我們遇到了出乎意料的情況。

『——坂、坂本！』

「喔、嗯！怎麼了！」

差不多快要晚上十二點的時候，五十嵐同學忽然打給我。

接通電話後，我被她的音量嚇得渾身一震。

『我把照片傳上去了……』

五十嵐用夢囈般的語氣繼續說著。

『建立ＩＧ帳號之後，我就把今天的照片傳上去……』

「喔、喔……」

『沒想到會這麼誇張……』

我請她把帳號告訴我，立刻用電腦確認情況。

那個帳號上傳了幾張照片，確實都是我今天拍的。

然後——其中一張，她穿著我挑選的牛仔褲的照片……

「……嗚哇，留言數太多了吧！」

——網友瘋狂在底下留言。

那張照片出現了數量不得了的留言。

「怎麼回事？為什麼像被灌爆了一樣……」

我錯愕至極，膽戰心驚地確認留言內容。

我們應該沒做什麼會被大肆撻伐的事啊……

大家究竟為什麼會一窩蜂地留言……？

『——等一下，這件牛仔褲不是限制級戰警的聯名款嗎！』

『——嗚哇，真的耶！』

『——日本居然有！天啊，真的挖到寶了耶！』

——全是這些留言。

這些似乎都是在時尚愛好者——其中被稱為古著狂的那些人寫的。

看樣子……我挑的這件牛仔褲剛好是超級古董單品。

他們完全不管穿搭，只顧著討論那件牛仔褲有多厲害，而且……

『而且那個皮標是五〇年代的吧……』

『價格應該要〇十萬吧？』

『50monet（五十嵐同學的帳號）！可以請教這件是在哪裡買的嗎！』

真的假的……？〇十萬……！

五十嵐同學穿的這件牛仔褲居然這麼高貴……？

『……好恐怖。』

電話另一頭的五十嵐同學輕聲低喃。

『這些網友好有壓迫感，感覺好恐怖……』

「對啊……」

『所以……還是先註銷帳號吧。』

「ＯＫ……」

留言散發出來的壓迫感確實很驚人。

甚至有種會開始被肉搜的預感……

於是五十嵐同學悄悄地註銷帳號，她的「成為時尚網紅！」計畫也宣告終止——

＊

——五十嵐同學和六曜學長。

眼前這兩人——將雙手環在胸前，看著彼此。

ＩＧ事件後的下個星期六。

我跟五十嵐同學一起來到六曜學長家的廚房。

他們兩人都穿著適合烹飪的服裝，用彷彿會噴濺出火花的氣勢狠狠瞪著對方。

被找來這裡當裁判的我……被這劍拔弩張的氣氛嚇得嚥了嚥口水。

這兩人的氣勢……！

我這個旁觀者都要被吞噬了……！

這樣……或許能見識到精采絕倫的比賽！

今天可能會展開一場難以想像的高規格賽事……！

「那麼……」

拋出這個開場白後，我看了看兩人的臉——

「五十嵐同學ＶＳ六曜學長的料理對決……正式開始！」

高聲宣布比賽開始！

與此同時——五十嵐同學和六曜學長開始動作！

五十嵐同學開始處理紅蘿蔔、蓮藕和白蘿蔔。

六曜學長則先秤量各種辛香料——

——事情的起因發生在上週。

「再來我想嘗試料理～～」

二斗還沒來社團教室前，五十嵐同學嘀咕著這句話。

「我很喜歡做飯，繼時尚之後，我想試試看能不能踏上料理這條路……」

「啊～～感覺不錯啊。」

我真心覺得這是個好主意。

高中生也能輕鬆著手，跟ＩＧ相比，更容易影響未來的職涯。而且她應該沒有要將成果上傳到網路，不會像上次那樣有莫名受人注目的危險。

以夢想的開端來說，算是滿不錯的選擇。

「那要不要一起煮點東西？」

「好啊，週末來試試看吧～～」

「ＯＫ。要做什麼好呢？也要留意一下超市特賣的活動。」

我們聊得正起勁時。

「……喔，感覺很有趣耶。」

這麼說的人——是六曜學長。

他似乎一直在旁邊聽著，傾身湊過來問：

「怎麼，萌寧跟巡要一起煮飯嗎？」

「噢，對啊……」

見到我點點頭，六曜學長就露出莫名愉悅的笑。

「不錯嘛，你們什麼時候感情變得這麼好了？」

「啊～～最近我在找想做的事，所以請坂本幫忙。」

五十嵐同學像這樣說明了事情原委。

「有時候會像這樣請坂本陪我。」

「原來如此……」

六曜學長雙臂環胸，點點頭。

接著，他不經意露出桀傲不遜的笑容。

「……其實，我對料理也滿有自信的，偶爾也會讓朋友試試味道，他們都讚不絕口地說『好吃到可以開店了』。」

「哇～～！真的假的！」

我下意識提高音量。

「六曜學長會下廚啊……」

這組合有點出乎預料。

不過……聽他這麼一說，倒是可以想像。感覺六曜學長在各方面都有自己的堅持，應該也會做相當繁複的工夫菜……

「……我也想吃六曜學長做的菜～～」

腦中浮現的預想讓我不禁如此說道。

「喔，那週末要不要來我家吃？」

六曜學長將身子湊過來，隨口一提：

「我正好想做香料咖哩。」

「香料咖哩嗎！我一直很想吃吃看！我一定要去——」

「——等等等、等一下啦，坂本！」

——五十嵐同學急忙插嘴。

看到我被餓死鬼牽著走的樣子，五十嵐同學開口吐槽。

「你週末不是要陪我一起做飯嗎！怎麼跟說好的不一樣！」

「咦？呃，可是……我能星期六去找六曜學長，星期日去找妳……」

「我不喜歡這樣！有種莫名被比較的感覺，我不喜歡！」

……啊啊，原來如此。

呃，我沒有要比較啦，但她討厭這樣嗎？

……然而我試著想像後，確實對她有點不好意思。

我吃完六曜學長匠心獨具的料理後，再吃她做的料理，她應該也很難下手吧。

既然如此，畢竟是五十嵐同學先約我的，我還是想以她為優先——

「……哦，妳怕了嗎？」

——不知為何……

六曜學長一臉挑釁地對五十嵐同學這麼說。

「萌寧，妳擔心廚藝贏不過我，所以怕了嗎？」

他的嗓音中明顯帶著幾分挑釁……

表情也是，居然似笑非笑地勾起嘴角，看著五十嵐同學……

……這個人是怎樣！平常明明不會表現得這麼好戰！

是不是就像某些人一開車就會變得很暴躁一樣？或是聊到感興趣的話題，就會變得有點孩子氣？

結果五十嵐同學也……

「哪、哪有啊！再說，我怎麼可能輸給六曜學長！」

「那要不要來比賽？在我家來場料理對決！」

「好啊！正合我意！」

——所以，我們約好星期六早上在六曜家集合。

兩人就這樣展開了料理對決——

「——喔喔，雙方都進入收尾階段了呢。」

開始烹飪後過了一段時間。

廚房裡開始飄散出兩種料理的香氣。

六曜學長正在做他之前說的香料咖哩。我曾經也想挑戰這道料理，但六曜學長的料理手法看起來相當熟練。

四周飄散著異國香料的香氣刺激食慾，讓我食指大動……

至於五十嵐同學——令人意外的是今天來這裡之前，她都還沒確定菜色，反而……

「——我可以用六曜學長家冰箱裡的食材來做嗎？」

事先向他確認這個問題。

「我想試著只用那些食材來做料理。」

六曜學長當然答應了。現在她也是用冰箱裡的蔬菜和廚房的調味料做出燉煮料理。

……沒問題嗎？

六曜學長要做香料咖哩這種風情十足的菜色，她要用這麼不起眼的菜色應戰嗎？

而且五十嵐同學穿的不是一般圍裙，而是從家裡帶來的傳統長袖圍裙，乍看之下超像老媽……

「……不過……」

確認過兩人的烹飪狀況後，我環視四周。

「再次體會到……六曜學長真的是大少爺呢……」

——好寬敞。

這間廚房寬敞到兩個高中生同時下廚都綽綽有餘。

有兩個流理臺，還有五口瓦斯爐。

會讓人誤以為是專業廚師的高規格廚房，就是這場料理對決的舞台。

——不過，一走進這個家，我就感受到了。

這棟時髦的獨棟洋房坐落於住宅區，屋齡很新，充滿設計感，坪數也很大，大概是周圍普通民宅的一點七倍。

這就是六曜學長所住的六曜家。

……我記得他說過，父母親是小型網路企業的老闆。

真是富裕，果然從居住環境就跟我們是天壤之別……

「——做好了！」

「——完成了。」

我還在嘖嘖稱羨時，兩人的料理都完成了。

烹飪完畢，他們將各自的料理盛盤上桌。

——六曜學長做的是香料咖哩。

——五十嵐同學做的是筑前煮（註：將根莖類蔬菜和雞肉一同煨煮的燉菜），還有燉煮白蘿蔔。

每種料理都分成了三人份——

「那……就進入試吃環節吧。」

聽我這麼說，六曜學長和五十嵐同學也重重地點頭。

「……雖然我姑且算是評審……」

所有人都坐到餐桌旁後，我以裁判的身分對兩人說：

「但我不想依個人意見來判定，所以請你們也品嚐對方的料理，憑各自感受到的優劣來決定結果吧。」

「ＯＫ～～」

「好。」

「那先從六曜學長的咖哩開始吧。我要開動了！」

「開動！」

說完，所有人都吃了一口咖哩。

下一秒——

「——好吃！」

在口腔中擴散的美味——讓我不禁出聲讚嘆。

「嗚哇，香氣好濃郁……這就是香料咖哩啊……」

跟市售咖哩簡直是天壤之別。

好幾種香料相輔相成，繁複卻清爽的香氣穿過我的鼻腔。

調味本身或許很單純，只以鹽為主，但細膩的香氣將整體美味提升了兩到三層。

「好吃吧？」

六曜學長一臉驕傲地說。

「我試了各種香料的搭配才找到這個味道，雖然很花時間，但總算做出了讓朋友家人都讚不絕口的咖哩。這麼說吧……這就是！」

說到這裡，六曜學長露出得意洋洋的笑容——

「——我自創的最強咖哩！」

原來如此……我完全心服口服。

每種香料的比例抓得恰到好處，營造出勢均力敵的存在感。過去六曜學長花了許多時間不斷嘗試，才調整出這麼完美的結果……

一旁不停將湯匙放進嘴裡的五十嵐同學也——

「真的好好吃……」

十分驚訝。

……這樣勝負可能已成定局。

可能還沒吃五十嵐同學的料理，就會定出勝負……

「……那來吃五十嵐同學的料理吧，筑前煮跟燉煮白蘿蔔。」

接著——輪到五十嵐同學。

我們將視線轉向外觀樸實無華的那些菜色。

「那我開動了。」

「開動。」

各自說完後——我先嚐了一口筑前煮。

細細品嚐後，再把淋上味噌的燉煮白蘿蔔放入嘴裡。

——起初沒有感受到太大的衝擊。

既沒有香料咖哩那種層次分明的滋味，也沒有濃郁的香氣。

可是——

「……咦，真好吃。」

不知不覺間——我如此低喃。

「筑前煮跟燉煮白蘿蔔……居然這麼好吃。」

——我發自內心覺得美味。

這兩道菜確實很不起眼。

也沒有穿透力十足的強烈香氣。

只不過——每道菜的調味都十分用心。味噌、味醂和醬油的鹹淡調整得宜，讓人感到內心平靜。明明是在比賽，心情卻緩和不少。

「嗚哇……這真好吃。」

六曜學長動筷時也如此讚嘆。

「是每天都想吃到的美味……」

確實，我也深有同感。

若六曜學長的咖哩是「假日特別菜色」，五十嵐同學的就是「每天用心準備的料理」，方向性截然不同，讓我有種在看異種格鬥大戰的感覺。

這種味道……絕對不是臨時抱佛腳能達到的境界。

過去五十嵐同學在這些菜色上花費了多少時間啊——

隨後——每個人都吃完兩邊的料理了。

「這……真是難分軒輊。」

如此高規格的美食較量，讓我忍不住抱頭苦思。

「六曜學長的咖哩充滿特色，讓我吃得很開心，五十嵐同學的料理也是能享受一輩子的美味。這該怎麼選啊……」

我實在無法決定哪一邊更優秀。

兩邊都很好吃，雖然形式不同，但都是相當出色的料理。

幾乎可以算是平手也說不定，兩人做的料理就是這麼美味，要在此分出優劣或許才是不解風情……

可是——

「……不，是萌寧贏了。」

打破沉默的人——是六曜學長。

「是我輸了，徹底輸了……」

「……咦，是嗎？」

出乎意料的進展，讓我不禁疑惑地歪過頭。

「我真心覺得你們水準相當啊……」

「……投入的心思不一樣。」

六曜學長看著早已見底的筑前煮和燉煮白蘿蔔空盤，繼續說：

「跟我做的重油重鹹咖哩相比——萌寧的菜色營養十分均衡。尤其我們升上高中後很容易蔬菜攝取不足吧？萌寧的料理完美地補足了這一點。」

「……原來如此。」

「而且這是日常生活中也能重現的菜色。」

六曜學長繼續說道：

「我的料理終究只是做好玩的，是平常不下廚的人基於興趣所做的料理。我不認為這樣不好，也不覺得會輸給家常菜，但還是有差。」

說到這裡，六曜學長微微一笑。

「今天這道咖哩，材料費花了四千圓左右。」

「咦！好貴！」

真的假的！四千圓！雖說是三人份，以家常菜來說還是太貴了吧！

「反之，萌寧是用冰箱中的食材，所以費用是零圓，真的很了不起。」

「……六曜學長。」

五十嵐同學也用泫然欲泣的表情看著六曜學長。

「你說得沒錯……我平常在家就是負責煮飯，都像這樣利用當天剩餘的食材或超市特價品入菜，同時也會考量到營養比例……」

「對吧。表面上我們或許確實不分軒輊，但是……背後付出的心思差了一大截。以廚師來說，萌寧的本領比我高，所以——」

六曜學長帶著爽朗的笑容看著五十嵐同學。

「萌寧——妳贏了。」

用稱讚的口吻這麼說。

「萌寧這種可以實踐的料理，勝過了我的興趣。嗯……我徹底輸了！」

「……非常感謝你！」

五十嵐同學眼眶含淚地說。

「投入的用心能被看見，我好高興，六曜學長的咖哩也真的很好吃……」

比賽結束後，雙方互相稱讚。

這一幕讓身為裁判的我也頻頻點頭認同。

如此一來——料理對決畫下句點，以五十嵐同學的勝利落幕——

——現場瀰漫著這種氣氛。

「……嗯？」

我忽然覺得不太對勁。

六曜學長基於興趣而做的料理，和五十嵐同學貼近生活的實踐性料理。

的確雙方都很優秀，而且眾人沉浸在比賽氣氛中，忘得一乾二淨……

「……五十嵐同學，妳不是要尋找夢想嗎？」

我不禁脫口而出。

「妳不是為了讓自己不再依賴二斗，想找到新的興趣嗎……？」

既然如此——今天這些料理不太對吧……？

這是她平常就在做的事，也確實讓她樂在其中……

但家裡就有的材料、一如往常的料理……

這樣是不是有點偏離原先的主旨……？與其說興趣，更像是生活吧……？

沉默頓時籠罩全場。

隨後五十嵐同學——

「……啊，這樣的確……」

露出現在才恍然大悟的表情——用呆傻無比的聲音說——

「……好像不能代替千華耶。」

＊

「——衝啊衝啊，坂本同學！」

「你直接射門吧！」

「啊啊啊！我知道了！」

聽到眾人朝我大喊的聲音，我在球場上奔跑並做好覺悟。

然後將全副精神專注在右腳上——

「——喝啊！」

將滾到眼前的球往球門一踢——

——除了體育課以外，我上一次運動到底是幾年前的事？是小學在午休時間跟大家一起玩躲避球嗎？還是在公園玩棒球遊戲的時候？不知是時隔太久，還是運動神經本來就差勁透頂……

「啊啊啊～～！」

球往其他方向飛去。

看到球的軌跡，敵隊球員樂得哈哈大笑。

「啊哈哈！漂亮的全壘打！」

「有夠猛耶～～」

啊啊，糟糕，我搞砸了……！

好不容易得到這個機會，我卻犯了這個大錯！

這發展讓我羞得無地自容，忍不住消沉沮喪。

「沒事沒事，踢得好！」

「太可惜了～～」

「你的動作變得很靈活嘛！」

但後方傳來同隊隊友的溫柔打氣聲……

不會吧……大家對失誤的人也這麼體貼嗎？

居然大力稱讚我？我只是踢球射門而已耶……

站在球場中央附近的五十嵐同學正盯著我。

她也氣喘吁吁地擦去額頭上的汗，臉上卻帶著燦爛無比的笑容。

「——要不要試試五人制足球？」

在料理對決結束後，說出這句話的人……

是正在洗碗的六曜學長。

「妳在找可以全心投入的事情吧？其實我有朋友組了男女混合的五人制足球隊，之前就一直要我加入。他們週末會借運動公園的球場踢球，怎麼樣，要試試看嗎？」

「嗯～～……五人制足球啊……」

聽到出乎意料的邀約，正在擦桌子的五十嵐同學面露些微猶豫。

「我對這運動不太熟悉耶，是在比足球場小一點的球場上踢球的感覺對吧？」

「對啊。球門跟足球比較小，規則也不一樣。沒有越位判定，界外球也不是用手拋回場內，而是用腳踢，人數也很少。但也沒有差太多啦，應該馬上就能體會到樂趣。」

「原來如此。我不太擅長運動耶，男女混合制也讓人有點在意……」

「啊～～應該沒問題啦。他們雖然說過以後想參加比賽，但現在每個人都像初學者。除了萌寧之外還有幾個女孩子，所以妳不必害怕。而且規則也偏向混合制，女性進球算三分，也禁止對女性做出衝撞或擒抱等動作。」

「喔～～還有這種規則啊……」

我也沒聽說過……

足球類運動總給人一種高難度的感覺，像是班上那些帥哥會玩的運動，而且基本上都踢得很認真，感覺初學者根本沒辦法體會到樂趣。

可是……

「這好像滿有趣的……」

我難得對六曜學長的話題產生興趣。

「原來五人制足球是這種感覺……」

我之前就想過，如果有只限阿宅參加的休閒足球比賽，應該會很有趣。雖然六曜學長的朋友不可能是阿宅，但要是有球隊願意接收我這種人，我就會有點興趣。

「啊，那巡也一起來吧？」

六曜學長以喜出望外的表情看著我。

「新成員應該可以超過一人。」

「咦，不不不！」

沒想到矛頭會轉向我，我忍不住提高音量。

「我就算了吧！我真的不會運動……別管我了！五十嵐同學才是重點吧！」

「咦～～嗯～～我……」

五十嵐同學往下看。

煩惱了一會後又抬起頭——不知為何看著我說：

「如果坂本加入的話……我也試試看吧。」

「……我？」

「嗯，只有我一個初學者感覺很不安。如果有人跟我一起踢，我就想挑戰看看。」

「什麼～～……」

「就是這樣啦，巡，意下如何？」

六曜學長再次詢問我的意願，不知為何笑得好愉快。

「萌寧都這麼說了，而且有兩個朋友來一起踢球，我也很開心。」

——被他這麼一說，我根本無法拒絕。

而且聽到六曜學長說我是他的朋友，我也很高興——

「那……就試試看吧。」

於是我決定參加，踏入我平常不會接觸的五人制足球世界——

「——哎呀～～萌寧很厲害嘛！」

「對呀，動作好熟練，不像第一次踢球！」

然後——簡單練習後的比賽結束了。

我們和隊友們一起收拾場地，進入閒聊時間。

「咦～～真的嗎！」

五十嵐同學擦去汗水，紅潤的臉蛋浮現出活潑的笑靨。

「我覺得自己只是拚命到處跑而已……我有貢獻嗎？」

「有啊有啊！」

「第一場比賽就進球得分了耶，嚇我一大跳。」

——根本大顯神威。

起初她是「Ala」……就是足球中場的位置。

在後半場，五十嵐同學以相當於足球前鋒的位置「Pivo」參賽，表現優秀得不像是初次挑戰。

剛開始雖然因為不熟悉這項運動而有些困惑，但可能是比賽後半掌握到訣竅了。

在我看來，也覺得她的動作越來越熟練，最後居然還射門得分。

「坂本同學也很棒喔！」

「怎麼樣，好玩嗎？」

「嗯，比想像中好玩很多……」

其他人也紛紛向我搭話。

看來這個球隊裡真的都是好人，完全不是我想像中的那種「E型人」，渾身上下沒有一絲固有的傲慢感，對年紀小又是初學者的我們也一視同仁。

但今天的超新星還是五十嵐同學。

「對了，萌寧。」

其中有個男大學生，據說是這個球隊的隊長。

我記得他叫……三津屋吧。他在另一邊對五十嵐同學搭話。

「如果妳有意願，就加入我們球隊吧，以後我們也想跟妳一起踢球。」

「咦！真的嗎？我是很開心啦，但該怎麼辦呢……」

「當然不會要妳現在決定啦。」

說完，三津屋笑了笑。

端正的臉龐寫滿了溫柔，看起來家教很好。

「妳可以好好考慮，想加入再告訴我。對了，保險起見，我想跟妳要聯絡方式——」

——我恍然大悟。

五十嵐同學被問聯絡方式了，而且還是活潑開朗的帥氣大學生……

「那我把ＬＩＮＥ　ＩＤ告訴你……」

「ＯＫ，我來掃ＱＲ碼……」

哇～～！

兩個感覺「很熟練」的人，連交換聯絡方式都這麼自然啊……

如果是我跟異性要ＬＩＮＥ，感覺應該……會更拚命吧，就像：「請、請問可、可以跟妳要、要ＬＩＮＥ嗎……？」

「喔～～三津屋看上萌寧啦。」

六曜學長在一旁看著他們這麼說。

「那小子好像真的對萌寧有意思呢。」

順帶一提，這個人今天也有參加比賽。他的位置是我們球隊的守門員，五人制足球的術語叫「Goleiro」，他作為守護神，把敵隊的射門全擋下來了。

「……哦～～是那樣嗎？」

因為三津屋的手法很俐落，我還以為他平常就是這樣。

六曜學長卻露出相當稀奇的反應。

「是啊，我第一次看到那小子這麼積極地邀女孩子進球隊。」

「這樣啊……」

哇……那三津屋是真的對五十嵐同學有意思吧？

畢竟她的球技真的不錯。就算撇除這一點，從客觀角度來看，她也是可愛的女孩子。

而且……我隱約想起一件事。

跟五十嵐同學列出夢想清單時，她曾不經意地說過這些話。

「──而且我也想交男朋友～」

「──畢竟千華都有男朋友了，我也好想談戀愛喔～」

*

「──最近玩得很開心嘛……」

二斗──不滿地嘛起嘴。

「最近你跟萌寧、六曜學長玩得很開心嘛，只有我被排擠在外……」

一如往常的回家路上。

我們剛穿過大馬路，走進二斗家附近的住宅區。

剛剛也有經過五十嵐同學家，和她們充滿回憶的公園。

「啊～……好像是耶，真對不起。」

看到她悲傷的表情，我也只能老實道歉。

「不好意思，讓妳有這種感覺，妳一定很寂寞吧……」

她會覺得自己被排擠在外也確實無可厚非。

這陣子每逢週末或國定假日，我都會跟五十嵐同學和六曜學長碰面。

沒辦法跟二斗出去玩。

我當然沒有明目張膽地在她面前提到ＩＧ、料理或五人制足球的事……但她似乎還是會感受到那種「氣息」。

其實我也想多花一點時間跟二斗相處，所以現在的狀況讓我更加難受。

「……算了，我知道你的苦衷啦。」

至此，二斗的表情終於和緩了些。

「我有慢慢察覺到你們三個最近在做些什麼了。我猜，是在幫萌寧找興趣吧？」

「……嗯，對啊，這種事果然一看就會知道吧？」

「是啊～～……而且就算你們來找我……」

二斗低頭往下看，輕輕嘆了口氣。

「最後我應該也沒辦法參加吧。」

「是啊，我想也是。」

「我這陣子也是忙翻了……」

——可說是飛躍性的發展。

最近二斗發生了相當大的變化。

先是因為前陣子在網路爆紅，二斗的知名度提升許多。

以往頻道的訂閱人數大約三萬人，竟然一口氣暴增到將近十五萬人，播放次數也爆發性增長。

結果——各種工作機會紛紛找上二斗。

線上演唱會和夏季活動的邀約。

大型唱片公司的發片邀約、網路媒體的訪談要求。

音樂類YouTuber提出的合作邀請更是多到數不清。

——在現階段。

在高一暑假前的這個階段，二斗早已變成國內知名的年輕音樂家了。

「……而且公司規模也會擴大吧？」

我對露出為難笑容的二斗問道。

「上次有公開發表又招了幾個新人。」

「就是啊～～……minase小姐也忙得不可開交，好像非常辛苦，那個人能繼續念大學嗎……」

不知是因為二斗爆紅且業務量增加，還是早就有這個打算。

前陣子INTEGRATE MAG宣布法人化，同時招攬除了二斗外的兩位配音員和直播主。

「真了不起耶～～二斗。那個……好好加油，不要勉強自己喔。」

雖然是第二輪，但我還是對二斗所做的一切感到由衷佩服。

我像在作夢般對她說：

「把身體搞壞了也不太好，就適度地加油吧……」

「……嗯。」

聽我這麼說，二斗垂下視線。

「我會注意身體，謝謝你……」

「……不過妳應該已經知道日後會發生什麼事了。」

我忽然驚覺，又補了這麼一句。

「所以，或許妳已經想好對策了，但還是要保重身體。」

「……好～～」

這時。

不知為何，二斗的表情變得有些迷惘。

「……我本來不太想說這些。」

拋出這個開場白後，她繼續說道：

「以我的主觀來說——就算重來這麼多次，還是總會遇到新鮮事。」

「……是嗎？」

出乎意料的這句話，讓我頓時語塞。

「但既然不是第一次，應該也會知道未來的發展吧……」

「……因為我每次都會做出不一樣的行動。」

二斗吐出苦惱的嘆息，繼續說：

「因為每次重來時，我都會做完全不同的嘗試，所以每次發生的事件都是亂數。這次也是，我第一次在這個階段就這樣爆紅。」

「啊～～……是嗎？原來如此，這樣啊……」

聽她這麼一說，或許真是如此。

我的「時間移動」和二斗的「輪迴」結構，從根本上就不同。

二斗無法來去自如，而是從頭重新再過一次高中生活。既然她每次都要嘗試不同的生存方式，發生的事件當然都會不一樣。

這種由小細節引發巨大變化的現象，就是知名的「蝴蝶效應」，我也經常在科幻電影看過這種現象。

所以——二斗對這次輪迴中會發生的事一無所知。

……反過來說，對未來最清楚的人是來自「這個輪迴」未來的我——正在改寫她「最新一次輪迴」的我吧。

「……對了。」

我忽然有感而發地問。

「妳這次……打算度過怎麼樣的高中生活？」

我只是單純好奇。

「妳做了跟過去不一樣的嘗試吧？具體來說是哪裡不同？」

既然每次都帶著目標重新來過，她這次應該也有個具體的目標。

應該會有「這三年試試這種方法吧」這種特別留意的重點。

我實在很想問清楚。

「……啊啊，當然，妳不想說的話也沒關係。」

我急忙補上這句話。

「畢竟我們有約好不要太常聊重來的事……」

聽我這麼問，不知為何，二斗有點疲憊地笑了。

「……好吧，就先告訴你這點小事吧。」

拋出這個開場白後，二斗直盯著我——

「——就是你啊，巡。」

她斬釘截鐵地——說出了我的名字。

「我這次想試試看，跟你走得近一些。」

——隔了幾秒後。

「……是、是嗎？」

我才終於回了這句話，並發現自己的聲音嘶啞。

「這次是第一次……跟我變得這麼好嗎？」

沒想到……會是這樣。

過去我跟二斗的關係都不像這次這麼親密。她是基於某種理由，在這次輪迴中選擇接近

我——

然後二斗……

「……嗯，是啊。」

也心平氣和地對我點點頭。

「以前我們真的只是普通同班同學。和你變得這麼親近，還這麼喜歡你、跟你交往……都是第一次。」

——只是同班同學。

聽到這句話，我的腦袋中樞有種麻木的感覺。

我試著在腦中想像她之前曾經度過的每一天。

我沒遇見二斗的高中生活，二斗沒遇見我的高中生活。

在教室碰見彼此也不會聊天，作為陌生人度過每一天，畢業後就從此失去交集。

我的三年時光都沒有二斗的存在，這段青春歲月卻反覆上演。

想像著這種日子，我莫名覺得好寂寞。

不論是人與人之間的交流，還是理所當然度過的每一天——或許都比我想像的還要虛無縹緲。

同時——一股強烈的疑惑也湧上心頭。

二斗這次為什麼選擇和我交好？她是在期待什麼，才會把「跟我變親近」當成這次重來的目標？

從哪一步開始是在她的掌控之中？

加入同一個天文同好會？放學後在社團教室偶遇？

還是……入學典禮那天，在漫天櫻花中撞到彼此的時候？

「所以，這次雖然也有很多新體驗──」

二斗用這種口吻繼續說道：

「可是……在未來等著我的問題還是一樣。我在這三年依舊無法度過難關，最根本的原因就是只要我沒有改變……」

二斗嘆了一口氣。

「最後都會失敗。」

──失敗。

她一定在過去的輪迴中體會過無數次了吧。

為了在這次的高中生活迴避這個結果──她才與我交好。

甚至發展成男女朋友的關係──

──我當然不認為她是虛情假意。

二斗一定是真心喜歡我。

從她過去對待我的態度來看，我也深信不疑。

可是——

「……所以我得加把勁。」

二斗嘴裡嘟囔著什麼。

「這次我一定……要做點什麼才行……」

——有種深不可測的感覺。

——那個聲音就像在說服自己。

——她的視線彷彿正看著腳邊，又像毫無焦點。

眼前這個人，到剛才為止還是我認識的二斗。

可愛、認真、有點懶散，是我的女朋友。

然而——此刻，這一瞬間，她看起來像另一個人。

自律到病態的地步，天生具有天才感性的音樂家。

纖細、脆弱、未來會失去音訊的表演者——nito。

從我認知中的她，變成了遙不可及的存在——

而且——我深刻體會到一件事。

過去我真的無法把平常的二斗跟「失蹤」的結果劃上等號。

那個開朗隨興又帶點「正義感」的女孩子，怎麼會踏上那麼悲慘的末路？我實在無法接受。

可是——如今我明白了，ｎｉｔｏ是有可能的。

如果是現在的她，現在在我眼前的這個女孩子，就有可能踏上那種結局——

就在此時——

「——哎喲～～！就說我來拿啦！」

——一道說話聲傳來。

馬路另一頭傳來熟悉的嗓音。

「應該很重吧！妳看，袋子都鼓鼓的！」

我嚇一跳，循聲望去。

身旁的二斗也神情驟變，抬起頭來。

「……咦～～是萌寧耶！」

看到視線前方的那個女孩——二斗興奮地出聲說道。

——是五十嵐同學。

五十嵐同學和……另外一個人。她身邊有位成年女性——應該正要從超市回家吧。

兩人一起拿著裝滿食材的塑膠袋。

「啊～～千華跟坂本！」

五十嵐同學看到我們也神情一亮——但馬上瞥了身旁的女性一眼，滿臉羞澀。

「哎呀～～千華妳好呀！」

那名成年女性見到二斗就露出微笑。

二斗也用十分親暱的態度說：

「妳好～～我們好像很久沒見了耶～～萌寧媽媽。」

「對呀，上一次是開學典禮嗎？對了，我有看到影片喔，妳好厲害喔。」

「啊～～啊哈哈，只是碰巧有很多人看啦……」

……萌寧媽媽。原來如此，這位是五十嵐同學的媽媽啊。

從兩人的樣子來看，應該是放學途中的五十嵐同學剛好在路上遇到伯母，想要幫她拿東西。

聽她這麼一說——萌寧媽媽跟五十嵐同學的確很像。

不論是嬌小身材、長相還是服裝、妝容都很時髦的感覺，都跟五十嵐同學一樣。年齡應該跟我爸媽差不多，看起來卻相當年輕。

在我思考這些事情時，五十嵐同學從媽媽手上一把搶過塑膠袋。

她氣得板著一張臉，卻堅決不離開媽媽半步。

母女感情真好啊。我應該會覺得很丟臉，擺出更粗魯的態度吧。

「……啊，對了，這位是坂本。」

二斗向萌寧媽媽介紹我。

「是我男朋友。」

「咦～～！是嗎～～！」

下一秒——萌寧媽媽的雙眼發亮。

她的音階大概高了三度。

「咦，你叫坂本是嗎？是千華的男朋友？」

「啊，沒、沒錯……」

我被她出乎意料的激動情緒震懾住，戰戰兢兢地點了頭。

「算是啦……而且我跟五十嵐同學一樣都在天文同好會……」

「哎呀～～這樣啊～～！」

萌寧媽媽露出和藹可親的笑容，目不轉睛地看著我。

「感謝你平常照顧萌寧！不過……哦～～原來如此～～嗯……」

……呃，請不要一直盯著我！

請不要用「這就是千華的男朋友……？」的感覺直盯著我！

被人打量的感覺好可怕！

「哇～～你們都長這麼大了……」

萌寧媽媽忽然瞇著眼睛這麼說。

「前陣子萌寧跟千華都還在上幼稚園呢，怎麼已經……」

「不不不～～這完全不是最近的事了吧～～」

聞言，二斗也開懷大笑。

「都已經過了十年左右，是好久以前的事嘍～～」

這麼說來……二斗現在不是模範生模式呢。

我還以為她在朋友的父母面前會裝乖寶寶，但現在的二斗毫無虛假，是有點隨興的女孩模式。看來她跟萌寧媽媽非常親近。

她們兩家應該都很熟吧，就像五十嵐同學之前說的，她們真的是因為住在附近，才會變成親密好友吧。

「……對了！」

萌寧媽媽的表情像是突然想到什麼。

「之前是不是也有人找萌寧去約會？」

「欸，媽媽！」

聽到媽媽忽然爆料，五十嵐同學臉色大變。

「妳怎麼能隨便講出來啦！我都還沒跟千華他們說耶！」

「哎呀，是嗎？不能說嗎？」

「……呃，我本來就打算要跟他們說了，所以沒差啦。可是，那個……」

……哦，約會？有男生約五十嵐同學啊……但考量到她的長相和個性，這確實也不是什麼稀奇的事。

我有點頭緒。

「……是三津屋嗎？」

我試著詢問五十嵐同學。

「玩五人制足球的時候，他常常跟妳搭話吧？是不是他？」

總覺得是這樣。

那天三津屋對五十嵐同學充滿好感，如果有人現在找她去約會，感覺就是那個人。

五十嵐同學果然怯生生地點點頭。

「……對。那個，千華還沒見過他吧。那個人叫作三津屋，是玩五人制足球時認識的大學生……」

她再次往我這裡看。

「你覺得呢……？」

然後詢問我的意見。

「你覺得我要去約會嗎？還是要拒絕？」

「……咦～～我想想。」

矛頭忽然轉向我，讓我陷入沉思。

「三津屋啊，我對他的印象不差啦……」

呃，因為我自己也沒什麼約會經驗……

被問到這種問題，我也不知該如何回答……

但她難得向我尋求建議，我也循著記憶回想三津屋的為人。

……應該還可以吧。

那個人長得帥，個性感覺也很好，實際上，他對第一次玩五人制足球、不停扯後腿的我也願意親切地提供建議，至少在現階段沒理由拒絕吧。

所以正當我準備開口，真心推她一把時——

「——來場四人約會吧！」

——二斗她……

搶在我之前說了這句話。

「我跟坂本一對，萌寧跟那個人一對——來場四人約會吧！」

「……咦、咦咦咦？」

五十嵐同學混亂地皺起眉頭。

「千華跟坂本也要來？為什麼……？」

「哎喲～～最近我都沒時間跟坂本去玩。」

二斗說著，還故意露出鬧彆扭的表情。

「喏，我在同好會也被你們排擠……根本沒辦法像情侶一樣相處！」

「啊、啊啊，那是……」

「啊～～這倒是，真對不起……」

「所以啊，我想趁這個機會跟他出去玩！」

「……嗯。」

原來如此……這方法或許可行。

我想解決五十嵐同學的問題，但也想好好珍惜二斗這個女友。

這麼一想，四人約會或許是個兩全其美的好主意。

「而且我很好奇～～」

二斗繼續說道。

「萌寧說不定會跟那個人交往吧？有可能會變成妳的男朋友吧？」

「呃，還、還不知道會不會變成那樣啦……」

五十嵐同學羞澀地扭著身子。

「不過……有這個可能吧。」

「對吧？所以我想先鑑定一下！」

二斗挺起胸膛，如此主張。

「我想看看對方是什麼樣的人！想知道這男人配不配得上我的死黨！」

「……啊～～嗯～～……」

這時——五十嵐同學臉上立刻堆滿笑容。

啊，這應該是……二斗的「死黨」一詞奏效了吧……

這個人真的很好搞定耶……

只要二斗稍微施展友情攻勢，她就馬上淪陷了啊……

「……既、既然妳都這麼說了。」

五十嵐同學完全沒看出我的傻眼，硬裝出「百般不願」的表情，嘴角卻帶著明顯的「笑意」繼續說：

「我就跟三津屋商量看看吧……」

第三話 chapter3

【Wet and watery blue】

「——喔喔……這種無拘無束的感覺！」

從我們居住的荻窪站搭電車一個多小時。

我、二斗跟五十嵐同學三人一起來到葛西臨海公園站。

走出車站大樓後——我看到眼前的廣闊美景，忍不住喊出聲來。

「天啊！天空好遼闊！果然臨海的地方就是好啊！」

——眼前是綠意盎然的廣大公園。

——抬頭仰望，能看到整片藍天。

看上去充滿戶外活動氛圍的空間——在我們眼前拓展開來。

「喔喔～～！不錯不錯！」

「都內居然有這種地方啊……！」

女孩們的情緒也立刻高漲起來，五十嵐同學拿出手機瘋狂拍照。

硬要說的話，我們居住的荻窪是個雜亂的城市。

雖然有大型店鋪和有趣的私人小店，但道路狹窄、路樹稀少，因此來到這種完全相反的地方，就會忍不住激動起來。

然後……

「——喂～～！」

對面傳來一陣大喊。

「謝謝妳來赴約！」

循聲望去——就看到一頭黑色短髮，和充滿清新感的端正臉龐。

那個人穿著款式簡樸，昂貴卻讓人不排斥的服裝。

——是三津屋。

今天約五十嵐同學出來約會的陽光男大生——三津屋笑容滿面地往我們跑來。

「別這麼說，你約我出來，我也很開心。」

五十嵐同學說得有些客氣，笑著回應他。

「真不好意思，還帶情侶朋友過來……」

「沒事，我才要說對不起呢，沒說過幾句話就約妳出來。我很高興妳願意來。」

——現在是七月上旬。

五十嵐同學向三津屋提議「希望跟朋友一起來場四人約會」後，三津屋一口答應。

於是我跟二斗也一起來葛西臨海公園約會。

我上次來，應該是小學時跟爸媽一起來的吧。

可能因為當時是冬天，我對這裡的印象是寒冷又有點冷清，但今天整條路上擠滿了人。不但有餐車，還有一群人搭起帳篷，熱鬧得像夏季活動一樣。

「好，我們走吧。」

「好！」

說完，我們邁開步伐。

現在氣溫超過二十五度，最高溫似乎會到三十度。

不過從海邊吹來的風撫過肌膚，穿著短袖的手臂和日曬下的臉龐，感覺都比實際氣溫涼爽許多。

——真是理想又完美的約會好天氣。

「坂本、二斗，也謝謝你們。」

總而言之——我們決定前往園內的水族館。

確定行程後，三津屋看著地圖往前走，並向我們說道：

「不好意思，其實你們比較希望能兩人獨處吧……」

「不不不～～沒這回事！」

二斗說完，發出爽朗的笑聲。

這是她在班上會出現的模範生模式，但她接下來說的話帶了點真心。

「其實他最近都不太理我！老是跟萌寧和另一個學長玩在一起……」

說完，二斗用怨恨的眼神盯著我。

「所以多虧你的邀請，我終於可以跟他約會了！」

……對不起喔，讓妳這麼寂寞。

冷落二斗一方面是為了她好，但讓她感到寂寞也是事實，我也無從辯解……

所以我今天當然也想讓二斗玩得盡興，這是我們交往後的第一次約會，我一定要讓這一天圓滿落幕。

「……這樣啊。」

三津屋瞇起眼睛看著我們。

「機會難得，希望你們也能好好培養感情。」

順帶一提……關於今天的約會，五十嵐同學又請我幫忙了。

她希望我看看三津屋的為人。從「對二斗放下執著計畫」的觀點來看，她也希望我幫忙確認三津屋適不適合交往。

的確……我也想好好鑑定一下。

三津屋，你這個男人真的值得五十嵐同學投入真心嗎……我的標準有點嚴格喔……（評審臉）

「對了，雖然有點突兀……」

三津屋忽然壓低音量──

「……二斗，妳這身打扮沒問題嗎？」

「咦？我嗎？」

「嗯。」

他點點頭，用相當若無其事的口氣說：

「妳最近在網路上很紅吧？我剛剛也注意到了。」

「啊、啊啊，對啊，是那樣沒錯……」

……喔，三津屋也發現了啊，二斗就是現在在網路上爆紅的nito。

接著，他又不著痕跡地看向四周。

「周遭的人好像也慢慢發現了。」

「真的嗎？」

聽他這麼一說，周遭確實有幾個人看向二斗。

喔喔，被發現了，那些人顯然認出她就是nito了……

「所以如果妳覺得不自在，要不要去那附近買頂帽子或是墨鏡？你們看，那裡好像有商店。」

他指的那間商店除了賣飲品、小吃之外，確實也有適合變裝的商品。可能因為來海邊玩水的人很多，是賣給那些客人的吧。

「啊～～也對……那我先去買吧！」

思考了一會後，二斗便跑向商店。

目送她的背影離去後——我再次瞥了三津屋一眼。

……哦～～一開始就很機靈嘛。

一發現二斗是名人，就能立刻幫她解圍。

換作是我，在對方出現的瞬間就會嚇得手足無措，甚至會連看三次確認，之後也會一直毛毛躁躁的。這裡要給他打個高分（高姿態）。

過了一會——

「——鏘鏘～～！」

二斗回來了。

她回來的時候戴著一副顯眼的黃色鏡框、很像派對咖的浮誇墨鏡。

「怎麼樣？這樣就看不出我是nito了吧！」

「不是，這也太顯眼了！想隱瞞身分的人哪會戴這種墨鏡啦！」

我出聲吐槽，一旁的五十嵐同學則笑得合不攏嘴。

「啊哈哈，沒想到很適合千華耶！」

「對吧對吧！」

「下次也戴這副墨鏡去學校吧！」

「咦～～要嗎？要戴墨鏡上課嗎？」

「當然不行啊！走到校門口就會被沒收了啦！」

「好！這樣就變裝完成了！」

二斗把我的吐槽當耳邊風，緊緊挽著我的手臂。

「事不宜遲——我們繼續約會吧！」

*

「——唔哇～～好多鯊魚！好酷喔……」

「這個水槽不錯吧，我也從小就很喜歡……」

接著我們來到——昏暗的水族館內。

一個巨大水槽先出現在眼前，五十嵐同學貼上玻璃。
她身後的三津屋露出溫暖的笑容看著她。
「雙髻鯊的外型也很有趣喔，妳看，就是頭部形狀很奇怪的那隻。」
「啊～～我好像在圖鑑上看過！」
五十嵐同學從包包裡拿出手機，朝雙髻鯊一陣猛拍。
看來經過上次的ＩＧ挑戰，她就開始變得很喜歡拍照。不管是在學校，還是像這樣出來玩，看到喜歡的東西就習慣拍下來。
而且這間水族館確實有很多拍起來很好看的地方。
各式各樣的水中生物在打著燈光的水槽中游來游去。
儘管對「網美照」沒什麼追求，但可以在無濾鏡的狀態下看到這些魚和水中生物，我個人也滿喜歡的。阿宅往往討厭「網美照」。
「拍得真好看！……來，參觀動線好像是往這邊。」
五十嵐同學拍完照片後。
看到她開始東張西望，三津屋體貼地為她帶路。
「這個水槽也很有趣吧，妳應該會喜歡。」
「哇啊，真的耶……！」

老實說——我對眼前這一幕有些意外。

三津屋原本被我歸類成「陽光帥氣的體育男大生」。

兩側推高的髮型，穿著昂貴服飾，又是五人制足球隊的中心人物，從這些面向考量，跟這種形象相差無幾。

但總覺得……這種人約會的時候會更喜歡「熱鬧」。應該會去烤肉或到海邊游泳，來這種水族館也是為了拍網美照。

可是現在，他靜靜地在五十嵐同學身邊逛水族館。

他自己也興致盎然地看著水槽，說話時還會留意放低音量——

「……我好像對三津屋有點偏見。」

我用本人聽不見的音量對身旁的二斗說。

「我還以為他比較像玩咖呢。」

「啊～～對啊，他不是派對咖呢，跟想像中不一樣。」

二斗也點頭贊同。

「我對他的第一印象也是那樣。」

「對吧，而且現階段對他印象滿好的，找不到任何缺點，玩得也很開心……」

說實話，我本來以為相處起來會更尷尬。

五十嵐同學雖然外表亮麗，性格卻偏文靜，二斗也是這樣。

而我是徹頭徹尾的社恐。

這幾個人和三津屋一起約會，我本來以為會尷尬到聊不起來，變成「我們……好像合不來」的感覺。

所以老實說，現在感覺滿好的，對他的印象也比事前預想的好很多。

這樣……應該不錯吧？

他很有機會變成五十嵐同學的男朋友吧？

「……但他跟萌寧合不合又是另一回事。」

二斗依舊緊緊挽著我的手臂。

她用神祕的柔軟部位抵著我的身體，語氣平和地說。

「就算條件再相配，也有可能合不來啊。」

「這……也是啦。」

確實如此，畢竟人不是看條件談戀愛，而是囊括許多要素，喜歡上對方的整體。

所以接下來才是重頭戲。約會才剛開始，我就好好觀察吧。

「……對了。」

二斗忽然壓低聲音說：

「你看得太入迷了吧……」

「……咦？」

「巡，你從剛才就一直猛看飼育員小姐……」

「咦？有、有嗎……？」

聽到這意想不到的指責，我不禁愣在原地。

二斗卻用更加懷疑的視線看著我。

「你看，現在也是，一直盯著那個餵魚的小姐……」

「……啊、啊啊……」

的確──我現在說話時，眼睛也看著在眼前水槽中游泳餵魚的飼育員小姐。感覺好快樂喔，這樣悠閒自在地游泳並餵魚吃飯……我也好想試試看……

二斗卻對此相當不滿。

「討厭！女朋友就在旁邊，居然還猛看穿泳裝的女人……」

「不是，那哪是泳裝，是潛水衣吧！包緊緊的耶！」

「那如果是我進到這個水槽裡，你會選擇看我，而不是飼育員小姐嗎……？」

「當然會看啊！我會嚇到猛盯著看！」

「順帶一提，我是穿著比基尼泳裝。」

「那是什麼狀況啊……我不會看，會去把妳拉上來……」

「會被拉上來啊～～」

二斗立刻換上燦爛的表情，笑得樂不可支。看來她不是真心吃醋，只是在捉弄我，但我心裡也有底啦……

「……唉。」

我做個深呼吸轉換情緒，並和二斗追上五十嵐同學他們，再次逛起水族館。

＊

在那之後，我們沿著參觀動線欣賞水族館。

我們看著南極圈最大的魚類剝製標本驚嘆著「好大！」；不知為何在巨大鮪魚的水槽前面待了將近二十分鐘；目光一起被小企鵝們可愛的動作吸引。

這段期間，五十嵐同學都在專心拍照，三津屋則神態沉穩地在旁邊看著她，一找到她可能會喜歡的地方就為她導覽。

隨後——我們在伴手禮區各自買好伴手禮。

心滿意足地走出水族館後，我們四人接下來打算去搭摩天輪，走在沿海步道上。

「那個，這樣真的好嗎？」

手上抱著章魚小玩偶的五十嵐同學向三津屋問道。

「還讓你幫我們三個付了伴手禮的錢……」

「嗯，當然可以啊。」

說完，三津屋對我們笑了笑。

「最近我找到一份滿賺錢的打工，手頭很寬裕。而且託你們的福，我玩得很開心。」

——讓他破費了。

不只五十嵐同學的份，三津屋連我和二斗的伴手禮都一併買單。

順帶一提，五十嵐同學買的是她現在拿著的章魚小飾品。

我買的是小型魚類化石，二斗買的是鮪魚圖案的襪子。她打算在什麼時候穿啦。

對了，這次水族館的門票費也是三津屋幫我們付的。

儘管不是因為這樣，我們並沒有被金錢收買，卻不知不覺完全對三津屋敞開心房了。

「那個，謝謝你！」

「我也會好好珍惜這雙襪子。」

「沒事沒事，別客氣啦～～」

我和二斗都喜不自禁地向三津屋道謝。

「我一直想要魚類化石～～」

「咦～～這是真的嗎？」

「對啊，好像是一億年前左右的。」

「真厲害。」

「……啊。」

我們三個聊了起來，一旁的五十嵐同學忽然出聲。

她的視線看著步道旁的洗手間——

「我可以……去一下洗手間嗎？」

「當然！」

「啊，我也要去！」

「好好好，注意安全喔～～」

五十嵐同學和二斗一起去上廁所。

我和三津屋被留在原地。

就這樣呆站著也有點尷尬，所以……

「……要不要去那邊看看？」

「好啊。」

說完，我們一起往岸邊走去。

「……喔～～這邊的海潮氣息果然很重呢！」

「是啊～～其實我老家住在沿海城市，所以對這種氣味很懷念。」

「是嗎？你不是東京人啊……」

聊著聊著，我重新審視三津屋這個人。

現階段來說——他是個徹頭徹尾的「好人」。體貼入微、會察言觀色、長得帥、經濟也很寬裕。

在水族館聊天時，我也發現他老家好像真的很有錢。雖然本人沒有明講，但從對話中聽到的家裡構造、每年都會出國旅遊等細節，就能明顯感受到他家的富裕程度。

現階段來說——如果只看條件，沒有不滿意的地方。

讓他當男朋友，可以說是完全沒問題。

可是……我反而開始覺得有些不安。

該說是還看不清他的本性嗎？還是從他身上看不到人味……

比如跟三津屋相同類型的六曜學長，也有能感受到一絲人味的地方。上次他要去廁所時直接說「我要去大便」，結果被兩個女生痛罵「不用說這麼清楚」。

三津屋身上就沒有這種氛圍。

或許因為這樣，感覺目前只看到了其中一面，還是無法判斷該不該鼓勵五十嵐同學——

「——嗚哇啊啊！」

——忽然傳來一聲慘叫。

男性的慘叫聲——傳到正在沉思的我耳裡。

方向是——剛剛三津屋走過的沿海步道。

我嚇得立刻往那裡看——

「咦，三、三津屋！」

——他癱坐在地。

三津屋癱坐在地上，完全站不起來。

「怎、怎麼了！」

我跑過去看著他的臉問道：

「受傷了嗎！還是身體不舒服！」

仔細一看——他臉色慘白。

剛才還氣色紅潤的三津屋，現在一臉鐵青。

到底……發生了什麼事？居然讓這個人露出這種表情！

隨機傷人？強盜？還是忽然舊疾發作？

無論如何，情況肯定非同小可。我緊張地嚥了嚥口水，等待三津屋的回答——

「……那、那裡……」

三津屋用顫抖的嗓音這麼說。

他戰戰兢兢地舉起手，指向不遠處海浪拍打的護岸牆——

「那、那裡……」

「……有、有什麼東西嗎？」

我站起身，將臉湊向他指的地方。

乍看是很普通的深灰色護岸牆，構造就像石板路，偶爾會被浪花覆蓋。交錯排列的設計，表面凹凸不平……這有什麼問題嗎？

我實在摸不著頭緒，將臉更湊近護岸牆。

從極近的距離看著牆面——

「……嗯？」

——有東西在動。

有東西在水泥牆表面蠢動。

下一秒——

——唰唰唰唰唰唰唰唰唰。

「——嗚哇啊啊啊啊！」

——那些東西開始大遷徙。

水泥牆的表面上。

攀附著大量的海蟑螂——而且同時竄動起來！

「咿、咿咿咿咿咿咿！」

——我要嚇死了。

我發出跟三津屋類似的慘叫聲，往後跌坐在地。

呃，太噁心了吧！居然近距離看到海蟑螂大遷徙！

猛然看去還超像蟑螂！

我癱坐在地上，用超快速度往後退，拉開距離。

心臟還怦怦跳個不停，全身都在噴汗。

這時我才發現——我不知不覺退到三津屋身邊，跟依舊摔倒在地的他對上視線。

頭髮凌亂，臉色依然慘白的他看起來平凡又超級狼狽。

感覺就像班上那些同年紀的朋友——

「……啊哈哈哈。」

「……哎呀～～好糗喔。」

我們都不由自主地笑出聲來。

＊

「——那個～～剛剛那件事，可以麻煩你保密嗎……」

我們匆忙離開海蟑螂區域。

等待二斗和五十嵐同學的期間，三津屋羞愧難當地對我說。

「拜託別跟萌寧說我看到海蟑螂就嚇到跌倒的事……」

「好啊，那當然。」

我回答時忍不住笑了笑。

「而且我也覺得很丟臉，所以絕對不會說出去。」

「啊哈哈，那就好～～」

三津屋一臉為難地皺著眉，搔搔頭髮。

「要是被喜歡的女孩子知道這種事，真的太難堪了……」

他的長相果然是陽光體育生。

就算加入放浪兄弟什麼三代目的團體也不奇怪。

「老實說，我很意外……」

所以我對三津屋這麼說，感覺好像跟他拉近了距離。

「我還以為你完全不怕那種東西，應該說你看起來就像喜歡戶外活動的人，對這些事習以為常。」

「……不～～完全不是這樣。」

說完，三津屋吐出了口氣。

「既然已經穿幫了，我就只告訴你吧……其實我很沒用。」

「是喔……」

三津屋說話的時候，臉上不見先前的自信。

露出真的困擾至極的表情……

「……我還擅自把你歸類成超級陽光大男孩。」

「陽光男孩啊，嗯，應該算是啦。」

三津屋點點頭，爽快地認同我的說法。

「我是覺得自己交友廣闊，溝通能力也在水準之上。」

「對啊。」

「但怎麼說呢……如果跟五人制足球的隊友相比，整體來說我就沒什麼價值。喏，跟春樹相比，我的運動跟學業都差多了。」

——春樹，是指六曜學長。在充滿陽光氣息的五人制足球隊員中，他的地位也這麼「了不起」嗎？

「要說異性緣好不好的話，其實我不太受歡迎……」

「看起來不像耶……」

「真的嗎？但我都快十九歲了，只交過兩個女朋友。」

不，已經很多了吧！

才十八歲就交過兩個女朋友，反而算很多吧……！

難道在三津屋的圈子不算多嗎……？

「所以我今天其實也很拚命……」

說完，三津屋露出為難的笑容。

「我覺得萌寧非常可愛，對她一見鍾情，而且她也願意卯足全力參加五人制足球，我真的很想跟她拉近距離……」

「原來如此……」

「為了不讓希望落空，我剛剛真的非常努力……」

「是這樣啊……」

……我終於開始稍微理解三津屋了。

——原來他心裡這麼著急啊。

看起來就像不同世界的人，我也無法想像他到底在想什麼，還以為這種約會對他來說肯定只是小兒科，才能表現得靈活又大方。

可是——事實並非如此。

在喜歡的人面前逞強，其實沒什麼自信，還會被海蟑螂嚇到跌坐在地。這個人只是個極其普通的耿直青年。

「所以……如果可以——」

三津屋看向洗手間。

看到二斗和五十嵐同學出來後，他對我笑道：

「如果你……也願意幫我加油，我會很開心。」

看到他的表情——我的胸口莫名揪了一下。

那個有些苦惱的笑容，讓我不由得心跳加速——

然後——我想……

……可以支持！

三津屋是個值得我真心支持的好青年啊……！

＊

——之後我們在車站附近的餐廳吃午餐。

接著一行人來到葛西臨海公園的著名景點，巨大摩天輪。

「——喔，意外地涼快呢……」

「真的耶……」

我跟二斗這麼說著，一起坐進摩天輪。

上面應該沒有空調，感覺會像三溫暖吧……我本來做好了這種心理準備，沒想到裡頭有裝空調，車廂裡反而比外面還要涼爽。

「好期待喔～」

二斗興奮地坐在對面座椅上。

「我小時候就好喜歡這座摩天輪……」

距離地面高達一百一十七公尺。

直到最近都被譽為日本最高的摩天輪，讓我印象深刻。

可以遠眺海景與街景很有趣，讓年幼的我非常興奮。我當時笑容滿面地欣賞著風景的照片，至今仍擺在家裡的電視櫃上。

「希望二斗也會喜歡……」

在緩緩上升的車廂中，我立刻開始眺望景色並輕聲低喃。

「希望二斗也會喜歡我的珍藏景點……」

——順帶一提，這次是分成我和二斗、五十嵐同學和三津屋兩組搭乘摩天輪，是本次約會第一次兩人獨處的時光。

因為剛剛那件事對他卸下心防，對他印象反而超好的我——暗自祈禱他們能有些進展。

希望這時候，三津屋和五十嵐同學正在拉近距離……

正當我如此心想時——車廂也在緩緩昇高。

周遭的風吹過時發出風切聲，開始可以遠眺到東京灣的另一邊了。

然後——

「……嗯？」

我忽然發現一件事。

「妳為什麼……戴著墨鏡？」

剛剛買的墨鏡。

二斗一開始戴得很開心，結果轉眼就膩了。

在昏暗的水族館或周圍沒人的時候她都拿下來，我自然認為她在摩天輪裡不會戴上……但不知為何，她現在戴得緊緊的。因為墨鏡會營造出派對感，現在整個車廂內莫名有種舞池的感覺。

「……而且為什麼一直正對著我？」

不知為何，她始終目不轉睛地凝視前方。

難得如此美景，她卻看也不看，整個人僵在原地。

不僅如此……

「……」

她不知為何默默離開座位。

並保持著半蹲的姿勢慢慢往我靠近，坐在我身旁。

「……咦，怎麼了？」

她緊緊抓住我的手臂。

「喂，妳幹嘛？怎麼了……」

——我不禁心跳加速。

她全身緊貼著我，至今我仍無法習慣那股溫暖又柔軟的觸感。

而且這個角度……好像會看見她的胸口，似乎能從敞開的衣領看見乳溝之類，所以我反射性地別開目光。

……咦，她想做什麼？

在這種兩人獨處的密室中貼得這麼緊……

難不成二斗想做些什麼？想做些比身體緊貼更進一步的事……

——這個念頭瞬間閃過我的腦海。

「……！」

原來如此，我終於發現一件事。

我小心翼翼地將手伸向她——摘下墨鏡。

果然如我所料——

「……妳眼眶泛淚耶。」

她淚眼汪汪。

「淚水在眼眶裡打轉，感覺隨時就會哭出來呢……」

——二斗的眼淚馬上就要滑落。

過去從沒見過她如此脆弱至極的表情，而且仔細一看，她的臉色也很難看。

額頭上冒出汗珠，手腳也在微微發抖。

換句話說，二斗的這個反應……

我嚥下一口口水後——

「……妳怕高嗎？」

——向她問道。

「二斗，妳有懼高症嗎……」

……應該八九不離十。

明明很怕高，卻來搭摩天輪。

完全沒辦法欣賞周遭的景色，也不想被我看到泫然欲泣的表情，所以戴上墨鏡……

但二斗搖搖頭。

「才、才沒有……」

開始莫名逞強。

「我只是覺得車廂裡面很熱……流汗而已。」

「哪有，很涼爽吧，冷氣開超強的。」

「眼眶泛淚是因為想起喜歡的歌曲，覺得很感動……」

「妳現在的情緒太混亂了吧……」

我們像這樣你一言我一語的時候——

一陣強風吹來，吹過我們身邊時還發出陣陣呼嘯聲。

結果——車廂劇烈搖晃起來。

「——呀啊啊啊啊！」

——二斗尖叫了。

二斗用連我都被嚇到的巨大音量尖叫起來。

她更用力地抱緊我的手臂。

「討厭！巡，不要故意搖啦！」

「我沒有搖！那很明顯是風吹的吧！」

「啊啊，又在晃了！真的不要鬧了啦！」

「就說不是我了！妳果然很害怕嘛！」

我嘆了口氣並看向窗外。

鬧著鬧著，摩天輪通過最頂端，高度逐漸往下接近地面。

「……好啦，再稍微忍一下吧。」

我對二斗這麼說，語氣中夾雜著一絲嘆息。

「再過一會就能回到地面了，在那之前就忍忍吧……」

應該再過幾分鐘就能從這個車廂解脫了。

雖然很難熬，在那之前只能請她先忍耐了……

儘管我這麼想……

「……這樣好嗎？」

不知為何，二斗對我露出一看就很勉強的笑容。

「什麼意思？」

「既然巡這麼喜歡摩天輪，想欣賞這片景色的話……」

說出這段開場白後……二斗依舊氣喘吁吁。

用比剛才更蒼白的臉對我說：

「我可以、再陪你搭一次喔……」

「拜託妳真的不要逞強啦！」

*

「——呼～～好久沒來海邊了……」

感受著東京灣吹來的海風，已經完全恢復的二斗瞇起眼睛。

「好漂亮啊，幸好能跟巡一起來……」

「是啊……」

在她身邊的我也點頭認同。

「大海真漂亮，雖然沒什麼稀奇，但就是能撼動人心……」

搭完摩天輪，隔了一段休息時間（等二斗狀態恢復）後。

我們最後來到海邊。

這個區域似乎叫「西側海灘」……可以在海邊玩水和烤肉。

這時我忽然……

「在這片大海的另一邊……有我從未造訪過的國家和城市……」

——有些惆悵。

眼前這片遼闊的景色——讓我變得多愁善感。

對在城市長大的人來說，這種景色果然「很特別」。

雖然在這裡看不到地平線，眼前是東京灣，對面還看得到東京灣跨海公路的海螢火蟲休息站。

儘管如此，吹拂而來的海風氣味和浪花聲，讓我莫名傷感。

順帶一提……我們在這裡也是兩對情侶分開行動。

五十嵐同學和三津屋似乎也在不遠處看海。

「……謝謝妳提出四人約會的建議。」

我不禁這麼說。

「起初我還有點擔心，不過……嗯，我玩得很開心。」

「對吧？」

二斗自豪地挺起胸膛，呵呵笑著。

「我覺得大家一起出來玩，一定會很開心。」

「哎呀～～不愧是厲害的二斗小姐。」

「哼哼，不客氣……喔，有人傳ＬＩＮＥ給我。」

二斗從口袋裡拿出手機解鎖。

確認過螢幕上顯示的訊息後。

「……線上演唱會啊。」

她輕聲呢喃。

「……嗯？怎麼了？」

「……啊啊，那個，ｍｉｎａｓｅ小姐傳ＬＩＮＥ給我。」

minase小姐啊，所以是INTEGRATE MAG的工作通知嗎？

「之前開始計劃的線上演唱會日期確定在這個月下旬了，所以她要我開始準備……」

「……啊、啊啊，原來如此。」

——線上演唱會，這個月下旬——

那一定就是三年後的五十嵐同學說的「那場線上演唱會」吧。

讓二斗和五十嵐同學大吵一架後絕交的演唱會。

原本放鬆的心情立刻緊繃起來。

我挺直背脊，意識從海的另一頭回到腳下。

對我們來說算是時限的那場活動——終於也在這個時間軸提及了。

……五十嵐同學一定還沒找到能讓她全心投入的事。

至少現階段還沒找到能與二斗的存在相抗衡，稱得上喜歡的事物吧。

所以還剩幾週，我跟五十嵐同學一定要在暑假開始前得到成果。

……如果這場約會是個轉捩點，她和三津屋開始交往，或許就能順水推舟了。

而且……

「……二斗？」

二斗正在回覆訊息。

我發現她的表情——變得非常精明。

那表情犀利到讓我嚇一跳，忍不住喊出她的名字。

「妳、妳怎麼……露出這麼可怕的表情？」

「……咦？啊、啊啊，對不起……」

二斗從螢幕上抬起頭，皺著眉笑了笑。

她有些猶豫，說話也吞吞吐吐。

「因為這場演唱會……非常重要。」

「……重要？」

「對，經過好幾次輪迴，我知道這場演唱會很重要……這場演唱會一旦失敗，後果會不堪設想。」

「……有多嚴重？」

難道二斗也知道嗎？

這場演唱會導致她和五十嵐同學絕交。

我這麼想——二斗卻對我微微一笑，說出完全意想不到的答案。

「——INTEGRATE MAG會倒閉。」

「……真的假的？」

「嗯，真的。」

「整間公司倒閉嗎……？」

「嗯，沒錯，然後我也無法再玩音樂了。」

「……這樣啊。」

我無言以對。

INTEGRATE MAG倒閉，的確也有這種可能性。在我所在的未來中，INTEGRATE MAG早已是知名演藝經紀公司，很難想像公司會倒閉。

但在現階段，那還是m・i・n・a・s・e小姐的私人公司。

知名度和規模都才剛起步——所以一場演出失敗，就讓一切化為泡影也不足為奇。

若是如此——導致這個結果的n・i・t・o將難以繼續活動或玩音樂……

「這樣的話……我這一輪又要失敗了。」

說完，二斗咬著脣。

「又會一切都落空……」

她的表情又僵住了。

又從我的女朋友二斗，變成了音樂家nito。

「……我一定要拚一把。」

而且這句話——

二斗說的這句「我一定要拚一把」，聽起來不像在鼓舞自己，反倒像在拘束自己。

……我該如何助她一臂之力？

二斗心中的苦惱以及她想解決的問題，應該都有我能做到的事。其實幫忙調解她和五十嵐同學的關係，也是為了她好。

然而——如果是線上演唱會。

在她獨自面對音樂的那個地方。

我能做到什麼嗎？有什麼方法可以給她力量——

「——欸、欸……！」

忽然有人從後面向我搭話。

回頭一看——原來是五十嵐同學。

海風把她的頭髮吹得凌亂不堪，不知為何氣喘吁吁的。

「怎、怎麼了？」

看到她這副模樣，我忍不住問道，聲音有點變調。

她的模樣不對勁，好像非常忐忑不安……

仔細一看……剛剛應該還在五十嵐同學身邊的三津屋從幾十公尺遠的地方緩緩走來——

「……他告白了。」

五十嵐同學——用嘶啞的嗓音這麼說。

「三津屋……跟我告白了！」

*

「——他很熱情……」

在回程的電車上。

五十嵐同學坐在我們旁邊這麼說。

「他說他一定會珍惜我，讓我幸福，問我要不要跟他交往……」

「……真是厲害。」

「我以前也被告白過……但從沒遇過這麼熱情的告白。」

東京的日落美景在車窗外匆匆流逝。

是山手線從東京站到新宿站的車廂內的景色。

比起我們居住的杉並區，這一帶從街景就能感受到濃濃的歷史氣息，也能從錯綜複雜的立體感中，窺見人們開發這片土地的心血結晶。從小我就喜歡眺望車窗外的風景。

「總之我請他等我答覆……你們覺得呢？」

五十嵐同學偷偷瞥了我們一眼。

並直率地拋出疑問。

「你們覺得三津屋這個人如何？」

「老實說，我應該……滿推薦他的。」

首先，我直接給出結論。

「他很貼心，有紳士風度，感覺是真心喜歡妳，也有意外笨拙、好相處的一面。嗯，我覺得他是個好人，個人對他的印象也不錯。」

「……咦，意外笨拙？」

她一臉不解地盯著我。

「有嗎？我看不太出來耶……」

「啊、啊啊，不是！沒有啦！抱歉，這是我的個人觀感！就是有這種感覺……」

「是喔……」

五十嵐同學用狐疑的眼光看著我。

但最後還是放棄猜測，嘆了口氣。

「……千華呢？」

她也向坐在我身旁的二斗徵詢意見。

「千華，妳覺得三津屋這個人如何……？」

我確實也想聽聽她的意見。

因為二斗的直覺很敏銳，或許觀察得更透徹，能從另一個角度提供有意義的意見。

可是——

「……千華？」

二斗低著頭。

「……欸，千華！」

「……嗯？啊、啊啊。」

二斗抬起頭，終於發現五十嵐同學在叫她。

她勉為其難地露出尷尬的笑容。

「什麼？怎麼了？」

「我在問妳～～！妳對三津屋！有什麼看法！對他印象如何？」

「……啊～～這個嘛～～」

二斗垂下視線，語氣含糊地說：

「嗯……我覺得他不錯啊，個性嚴謹又體貼……」

——她一路上都是這樣。

接到直播的工作通知後，二斗滿腦子都在想這件事。不管說什麼都心不在焉，回答也很敷衍，對五十嵐同學的話題沒什麼反應。

然後——

「……討厭……」

——五十嵐同學果然生氣了。

連過去對二斗百般依賴、總愛跟她撒嬌的五十嵐同學也露出傻眼的表情。

看到兩人的這般互動——我一個人狂冒冷汗。

到了線上演唱會那一天，她們會大吵一架。

感覺離這個未來的重大事件越來越近了——

「……五、五十嵐同學覺得呢！」

我想擺脫這種感覺。

我想改變這種彆扭的氣氛，便回問五十嵐同學。

「被那種大帥哥告白，妳應該很開心吧？目前妳打算怎麼回覆他！」

「啊～～嗯～～……」

五十嵐同學雙手環胸，皺著眉頭。

「被那麼好的人告白當然開心啊，我也不討厭他……」

「喔，果然沒錯。」

「而且他真的太溫柔了，該怎麼說……那種溫柔是在得天獨厚的環境下受高規格教育才會有的，跟坂本的體貼不太一樣……」

「啊～～……」

我一時接受了這個說法，不過——

「……喂！妳的意思是我沒水準嗎！」

她剛剛是在偷嗆我吧！

因為實在太自然了，害我沒立刻吐槽，我是不是默默被她罵了？

「……我不是這個意思。」

意外的是五十嵐同學一臉嚴肅地看著我。

「我不覺得你沒水準啊。」

「那是……什麼意思？」

「……坂本那種體貼——」

五十嵐同學頓了一會才回答。

「好像……比較適合我。」

「……是喔。」

……被她這麼一說，我當然很開心。

我也有點意外她會覺得我很體貼。

可是這樣——我忽然驚覺。

如果我的方式比較適合她，那就表示——

……五十嵐同學跟三津屋不適合嗎？

*

『——好久不見。』

約會完幾天後的夜晚，我收到minase小姐傳來的訊息。

水瀨：『最近好嗎？』

巡：『是，還不錯！』

巡：『身體健康是我唯一的優點！』

水瀨：『呵呵，那就好。』

——minase小姐。

這位女大學生創立了二斗所屬的經紀公司，就像她的經紀人兼音樂夥伴，我也見過她一次，算是打過照面的關係。

水瀨：『今天我想跟坂本同學打聽一些事。』

看來她是想知道二斗最近在學校的狀況，才會傳訊息給我。

她問：『二斗同學有沒有出現異狀？』『生活上有沒有遇到問題？』

我躺在床上回覆：『基本上跟往常一樣，但最近好像被音樂逼得有點喘不過氣。』

水瀨：『果然沒錯……』

minase小姐如此回覆。

水瀨：『最近彩排的時候，有件事讓我有點擔心。』

水瀨：『昨天她也是這種感覺……』

除了這則訊息，她還傳了一個影片給我。

「這是什麼……」

我不疑有他，點開影片播放。

播放的是——二斗在放著電子琴的房間裡，像某個租賃的練習室。

她一邊彈琴，一邊對著麥克風唱歌。

是偶爾會出現的音樂家nito的表情。

不同於以往，精明冷冽的神情讓我頓時心裡發寒，可是——

『——啊啊，煩死了！』

——畫面中的二斗。

大喊似的這麼說——粗魯地中止演奏。

『這裡……這裡太糟了！』

接著，她將之前的鋼琴樂句又彈了幾遍。

她的焦躁全寫在臉上，粗魯得像在敲打鍵盤。

『不行。啊～～沒辦法漂亮地轉過去啊！』

二斗似乎對演奏很不滿意，用力撓抓頭髮。

本來就要亂不亂的長髮，轉眼間變得亂七八糟。

『……我覺得很好啊。』

畫面外傳來minase小姐的說話聲。

『我在這裡聽，覺得沒什麼問題啊……』

關心二斗的嗓音充滿了擔憂。

我也深感認同。讓二斗煩躁至極的那段演奏，我完全聽不出哪裡有問題。

聽起來反倒氣勢磅礴，非常帥氣……

可是二斗……

『不行，太不像話了。』

她看都不看minase小姐一眼，只給出這句回答。

『再來一次。』

接著她深吸一口氣——重新彈奏那首曲子。

指尖的力量比剛才更重，演奏得氣勢驚人。

這段鋼琴樂句和二斗的歌聲，我認為非常完美。

但是連這次……

『——啊～～不對！完全不對！』

二斗仍大吼一聲，停下演奏。

『這裡為什麼……會這樣？明明不會很難啊……』

她始終低著頭，不斷用拳頭敲打雙腿——

——影片到此結束，我從影片播放畫面跳回跟minase小姐的對話框——

——我相當震驚。

畫面上的二斗讓我大感衝擊。

我第一次看到她身為音樂家的煩惱。

很難想像她會用這種方式發洩情緒——

我覺得很厲害，對她肅然起敬，也再次認為她真的十分優秀。

甚至——有些敬畏。

對音樂如此全神貫注，奉獻一切的二斗。

這種彷彿脫離人類狀態的模樣，讓我感到恐懼……

巡：『她真的很厲害。』

我只像這樣回了短短一句話。

或許是從平淡的語氣中察覺到了我的心情。

水瀨：『能不能再見個面？』

minase小姐又傳來這則回覆。

水瀨：『能不能三個人見個面，再談一談？』

第四話 chapter4

【If you really love me】

「——咦，二斗要搬家？」

「——咦，妳沒跟坂本同學說嗎！」

——連鎖反應。

在市區的某間咖啡廳中，我和minase小姐接連大喊出聲。

周遭的客人都一臉驚訝地看過來。糟糕，不小心給店家添麻煩了……

不好意思……！但我此時此刻才得知一件驚天動地的大消息！

「……奇怪，我沒說嗎？」

隔著桌子坐在對面的二斗，一臉疑惑地將杯子放在桌上。

「我可能真的忘了，畢竟最近有太多事要想，像是線上演唱會的內容跟環境之類……」

「……妳認真的嗎？」

我忍不住長嘆一口氣。

「這麼重要的事怎麼能忘啊……」

她最近……真的常常這樣。

沉迷在音樂裡，理所當然地忽略其他事……

m·i·n·a·s·e小姐也不由得對此感到非常震驚。

「……宿舍的營運計畫確實是提前了。」

她嘆了一口氣，將身體靠到椅背上。

「最近還要彩排，確實很辛苦，但如果連告訴男朋友的時間都沒有，妳可以跟我討論，修改行程啊……」

看過二斗彩排影片的下一週。

放學後，為了跟事先約好的m·i·n·a·s·e小姐見面，我們來到咖啡廳。

最近m·i·n·a·s·e小姐將INTEGRATE MAG法人化，再加上二斗爆紅、旗下創作者增加，所以忙得不可開交。從經營管理、公司營運到外部接洽等等都一手包辦，每天忙得團團轉……才終於招募了工作人員。

多虧如此，她才有了一點空閒時間，可以像這樣和旗下成員聊聊天。

此外……m·i·n·a·s·e小姐已經知道我們在交往了。

這個人似乎很喜歡戀愛話題，今天可能也是想聊聊這方面的事。

不過——在這之前。

在閒聊之前，她發現有些事應該先說清楚。

「呃，那麼……我再跟坂本同學解釋一次吧。」

說完，minase小姐轉向我。

沒錯——就是二斗搬家的事。

「因為nito爆紅，INTEGRATE MAG的規模一口氣擴大不少，不但受到矚目，出資人也增加了。之前本來就有在準備法人化，在這個時間點也實現了。」

「是，我想也是……」

這個發展跟我之前看到的一模一樣。

nito和INTEGRATE MAG有飛躍性的成長。

順帶一提，二斗說在她反覆經歷的輪迴中，也是第一次看到公司規模擴展得這麼快。我試著回溯記憶，也覺得高一第一學期時，公司沒有發展得這麼迅速。

「所以公司成員也增加了，現在旗下有歌手、直播主和配音員三個人。」

這三名成員也已經公布加入INTEGRATE MAG，並展開演藝活動。

直播主是深受年輕聽眾喜愛的戀愛諮商型女性直播主。

配音員是我本來就知道的年輕知名配音員。

兩人加入INTEGRATE MAG的決定蔚為話題，吸引不少目光。

「然後……問題出在自家環境。」

minase小姐繼續說道。

「nito和直播主saki日後都必須在家裡拍影片或開直播吧？屆時就得顧及網速、保全系統和隔音措施，但她們都對現在的住家環境不太放心……」

「喔～～這麼說也是……」

她們兩人應該都沒料到活動規模會拓展得這麼快，不太可能住在兼備網速、保全系統和隔音措施的專業地方。

而且——本月下旬預計舉辦的線上演唱會。

先前收到的活動通知在網路上掀起話題，受到萬眾期待。

在這種氛圍下，同時在線觀看人數少說也一定會超過一萬人，逼近人氣直播主的直播節目了吧。

既然如此……就不能端出差強人意的品質。

到時候一定要避免網速或隔音出問題。

「所以如果情況允許，本人也有意願，我想請她們搬到適合日後工作的住宅。經過一番討論……最後決定由INTEGRATE MAG開辦宿舍，是網速、保全系統和隔音措施都十分完美的公寓。」

「原來如此，那……」

我嘆了一口氣。

「二斗就要搬去那間宿舍了，而且是——兩週後嗎？」

——對，兩週後。

再過十幾天，二斗就要搬出荻窪了。

要離開我們出生長大的城市，住進靠近都心的宿舍。

……我當然知道原因。

聽了minase小姐的說明，我也完全明白了這個必要性。

實際上，搬家完的幾天後有線上演唱會的行程，這我也能理解。

可是——

「——不是，太臨時了吧！我都被嚇死了！」

我又忍不住大喊出聲。

「應該在一個月前告訴我吧！這麼重要的事情！」

我好歹是二斗的男朋友才對。

居然在她搬家前一刻才知道這件事，讓我大受打擊。

唉，我猜她是真的被逼到走投無路了。她那麼專注認真地彩排，根本沒有餘力，也不是不把我當一回事就是了……

「嗯～～對不起……」

二斗百般歉疚地縮起肩膀，似乎在認真反省。

「我有太多事情要想了，沒有第一時間告訴你……」

聽到她這麼說，我就無話可說了。

——以前二斗曾經說過。

開始玩音樂後，她覺得自己「終於活過來了」。

音樂點亮了她過去茫然又苦悶的生活。

而且，雖然不太確定，但我最近有種預感。

二斗應該被困在絕對無法捨棄的音樂和生活之間，難受得喘不過氣。

結果——才害她掉進永無止盡的輪迴。

……雖然沒有明確的證據。

但看著最近的二斗，我不知不覺有了這種想法。

既然如此——這次對她太過苛責，或許也很殘忍。

她本人真的沒有惡意，還是別說得太嚴厲比較好吧……

所以——

「……對、對了。」

我將另一個在意的問題……

可能是搬家後最重要的問題拋向二斗——

「那個……學校呢……要怎麼辦？」

——沒錯，這是個問題，而且是大問題。

如果要搬去都心住，學校要怎麼辦？

會像過去一樣，繼續讀天沼高中嗎——還是要轉學？

「還能像以前一樣，跟我們讀同一間學校嗎……」

在第一輪高中生活中，二斗的學籍留在天沼高中。

但因為工作太忙，幾乎沒有出席，在學校也沒什麼機會看到她。

而且——這次的情況不太一樣。

二斗或許也會改變心意、轉學吧……

她會不會離開天沼高中呢……

從剛剛開始，我心裡就有種難以名狀的忐忑。

可是……

「——啊啊，放心吧！」

二斗說得斬釘截鐵，對我露出笑容。

「我不會轉學！會繼續留在天沼高中！」

「這、這樣啊……」

我忍不住長嘆一口氣。

「那就好……還以為會跟妳分隔兩地……」

「我、我怎麼可能丟下男朋友轉學嘛！我也不想離開你啊！」

「哈哈，是嗎……那就好……」

我真的鬆了一口氣……

不，依照二斗現在的狀況，我覺得很有可能。

還以為她會說「不小心就把轉學手續辦好了！」這種話……

既然沒到這麼離譜的程度，那就……嗯，好吧，還在我的容許範圍內。

「……對了。」

在旁邊看著我們對話的ｍｉｎａｓｅ小姐忽然開口：

「其實我待會要去看看宿舍的狀況，ｓａｋｉ今天正好要搬進去，所以我要去幫忙，順便打聲招呼……」

「啊、噢，這樣啊……」

ｓａｋｉ……是最近加入INTEGRATE MAG的直播主吧。

她都開戀愛諮商的直播，我也試著去聽了幾次。

……這麼說來，ｍｉｎａｓｅ小姐很愛聽戀愛話題，應該也會喜歡那種直播吧。

當我暗自在心中表示理解時。

「——你們要不要也來看看？」

不知為何，ｍｉｎａｓｅ小姐一臉興奮地這麼說。

「要不要去跟ｓａｋｉ打聲招呼——順便參觀宿舍？」

＊

「——哇啊～～好氣派的建築……」

一言以蔽之——是最新的吧。

「好厲害啊，二斗……妳居然要住在這種地方。」

從都心車站走路約十五分鐘。

這間公寓就位在市區進入住宅區的交界處附近。

雖然不到剛落成的地步，但這棟美輪美奐的五層公寓一看就知道屋齡很新。

設計新潮又美觀，入口處有森嚴的保全系統。

「房租……應該很貴吧。」

「公司會補助一半，所以沒這麼貴。」

m·i·n·a·s·e小姐輕聲笑道，往入口走去。

「這樣旗下成員就可以用一般套房的租金入住了。」

「是喔……」

「s·a·k·i好像已經來了。」

看到停在住宅用地前的搬家公司貨車，二斗開心地說。

「她的房間會是什麼樣子呢……」

「那我們先去找她吧。」

說完，m·i·n·a·s·e小姐從包包裡拿出鑰匙。

「我猜行李差不多搬完了吧——」

「——s·a·k·i～～好久不見！」

「……沒有很久吧。」

於是——我來到直播主s·a·k·i的房間。

我們站在剛搬進紙箱和家具家電的玄關處。

「上星期也見過面不是嗎？宿舍說明會的時候。」

「是沒錯啦～對了，妳不要對我用敬語啦，因為是ｓａｋｉ妳比較年長啊！」

「不，就算這樣，二斗前輩是公司的前輩……這方面還是得確實做到。」

二斗和同公司的直播主ｓａｋｉ親暱地聊起來。

看樣子她們已經彼此認識了。

二斗現在是在班上懶洋洋的樣子，牽著ｓａｋｉ的手，似乎對她充滿好感。

相對地，ｓａｋｉ可能還是有點防備，只一臉冷酷地抬頭看著二斗。

身形嬌小，一頭黑色短髮，像貓一樣的眼睛，成熟又端正的五官。

她身上那件寬鬆版型的帽T，很適合她次文化風格的長相。

哦……這個人就是二斗在INTEGRATE MAG的同事啊。

看起來確實有種獨特的風格。

「……對了，二斗前輩，那位男性是？」

「啊啊，是我男朋友～～！」

ｓａｋｉ疑惑地歪著頭看我，二斗便爽快地回答。

「我男朋友說今天也想來參觀宿舍房間……」

「原來如此……」

「……嗨，我是坂本。」

因為不知該用什麼態度面對她，我以萬用的「嗨」起頭，跟saki簡單打了招呼。

「……你好，我是直播主御簾納咲。」

「平常謝謝妳關照二斗……」

「別這麼說，我才要謝謝前輩……」

我們展開了一段尷尬的對話。

……嗯～這位就是saki，要說的話，她跟我是同類吧！

是內向又不擅社交的那種人！

因為她是直播主，我還以為她的溝通能力很強，但這種感覺讓我有種親近感，彷彿找到了同伴。

「不過妳的行李還真不少～」

二斗看著房內的景象，對saki這麼說。

「好像還有直播器材，等等應該很難整理吧。」

「是啊，所以待會其實男友跟妹妹會過來幫我。」

「我想也是，一個人哪搬得完啊～」

「可能要花好幾天，才能整理到可以開直播的程度。希望網速不要出問題……」

「……在那之前，我先跟saki聊聊宿舍的事情吧。」

minase小姐這麼說，並對saki勾起笑容。

「我還想談談往後的行程安排。」

「好，麻煩妳了。」

對了，這本來就是她來此的目的。

minase小姐要跟saki談談這間宿舍和其他事情。

「所以這段時間——」

她從包包裡拿出另一把鑰匙，交給我們。

「nito的房間在隔壁，方便的話，你們先過去看看吧——」

「——喔～～很豪華耶！」

我們照minase小姐的指示來到隔壁房間。

看了房間內部的擺設——我不禁發出讚嘆。

屋內裝潢都是最新設備，打掃得一塵不染。廚房和浴室都亮晶晶的，連洗碗機和浴室烘乾機都有，顯然比我家高級許多。

而且好像……有種新房子的味道。

不，這不是剛落成的房子，所以是打掃過的香味嗎？

這種獨特的氣味讓我的情緒有些激動。

而且……

「隔音也做得很好耶！」

廚房旁邊是客廳。

隔音設備讓我十分驚豔。

「門窗都跟常見的款式不一樣……！」

又厚又重，還是雙層結構，乍看像一般裝潢，但每一處似乎都是隔音效果絕佳的設計。

哇～～……這確實是老家無法達成的效果。

一般人家裡實在不可能採用這種裝潢……

而且……

「……好棒喔，妳要一個人住在這裡啊。」

這個事實也讓我有些恍惚。

以後我也想從家裡搬出來，一個人生活。

爸媽管不著，只屬於我的城堡。

能住在這種地方是多麼快樂的一件事。

可是……這樣啊，二斗再過不到十天，在暑假開始前就能展開這種生活了，有種被她大幅超前的感覺……

……但畢竟是二斗，房間應該馬上就會變亂吧。會像她現在的家一樣，轉眼間沒洗的衣物就會散落一地……

「不過～～這裡的隔音效果真的很強！」

二斗自豪地雙手扠腰。

「之前過來的時候，我有試著在這裡大吵大鬧，在廚房的ｍｉｎａｓｅ小姐好像完全聽不見耶！」

「太猛了吧！雖然很猛，但這是得來不易的新房子耶，妳在搞什麼啦。」

我不禁笑著說。

「我懂妳想嘗試的心情啦，但大吵大鬧也太誇張了。」

「其實，聽說這裡的其他住戶也是音樂家這種音樂圈的人。對了，你想想，既然外面聽不到聲音……」

說完──二斗邪魅一笑。

隨後將身體湊過來緊緊貼著我。

並湊到我耳邊輕聲呢喃——

「……現在不管做什麼，隔壁的minase小姐都聽不到喔……」

「……什麼！」

「要做嗎……？會發出聲音的事……」

「等等，妳在說什麼啦！」

我連忙往後退開，用手摀住耳朵。

二斗的吐息似乎還殘留在耳際，而且是嘶啞又嬌媚的聲音！

剛剛那是什麼威力！是真實版ASMR嗎！

「而且……妳是想做什麼啦！」

我提出抗議，心臟依舊跳得飛快。

「妳到底想幹嘛！」

「咦～～要我說出口嗎……？」

說完，二斗露出挑釁的笑容。

「畢竟男女朋友共處一室嘛，能做的當然只有那件事……」

「什麼只有那件事……妳都還沒正式搬進來，這樣不太好吧！」

「但INTEGRATE MAG已經租下來啦，完全不會有問題啦。」

「不，可是……總是不太好，在這種地方順勢做那種事不太好……」

「咦～～我還以為巡一定也想這麼做呢。」

二斗用蠱惑的語氣呵呵笑道。

「我今天是做好那種心理準備才過來這裡的耶～～……」

「呃，少騙人了！我們會在這個房間獨處只是碰巧而已！」

「是嗎～～？」

二斗歪著頭露出「我不知道～～」的表情，輕笑起來。

啊啊，真是的……她又在調戲我。這樣哪裡好玩啦……

就喜歡把別人逗得心慌意亂，這傢伙的興趣還真是惡劣……

要是被五十嵐同學或六曜學長知道，他們真的會嚇到……

……我這麼心想時。

「……對了。」

這時——我忽然想到。

她要搬家，馬上就要離開荻窪了。

「二斗……妳跟五十嵐同學說了嗎？妳有跟她說過搬家的事嗎……？」

「……啊～～」

聽到我這麼問——二斗臉上的笑容立刻消失。

她露出「糟糕」的表情，方才的愉快氣氛頓時消散。

「……我沒說。」

二斗有些尷尬地對我說，就像在坦承惡作劇那樣。

「我還沒跟她說明。」

「……我想也是。」

果然沒錯。

她沒跟我報備這件事，感覺是真的不小心忘了。

那她一定也沒告訴五十嵐同學吧。

「我覺得……妳應該跟她說清楚。」

我勸誡似的對她說。

「妳們是從小玩在一起的好朋友吧？兩家又住得這麼近……這種事一定要好好解釋。」

——老實說，我覺得她們會起爭執。

感覺五十嵐同學會大發雷霆。

畢竟她——很重視自己跟二斗的親近關係。

是如膠似漆的特別好友。

出事時能馬上趕到對方身邊的親近感，讓五十嵐同學很是欣慰。
結果，沒想到會突然失去這種關係。
完全沒跟自己說明和討論，隨隨便便就消失了。
別說是五十嵐同學了，連我都不能接受這種事。她一定會提出抗議，甚至大吵一架吧。
所以……
「妳要……跟五十嵐同學交代清楚。」
我看著二斗的雙眼，斬釘截鐵地說。
「這件事很重要，所以妳明天要好好親口告訴她。」
「……知道了。」
二斗似乎不免有點內疚，乖乖點頭這麼說。
「我會親口告訴她……」
……我第一次看到二斗露出這種表情。
像是發自內心地反省，也有些嚴肅……
她自己也知道這樣不好吧。
她收起平常那種開玩笑的口氣，乖巧地低頭看向地板。
「……嗯嗯……」

……這麼一想，我剛剛好像也說得太嚴厲了。

我平常不常罵人，不懂得拿捏分寸。

我是不是……太過分了？

仔細想想，二斗也只是在努力過生活而已。

陷入無數次輪迴，重新展開高中生活的她，能不斷重新體驗快樂的經歷，卻也要再次嘗到痛苦的經歷。而且以她的立場來說——有個「要成為知名音樂家」這難如登天的使命。

把她逼得走投無路，是不是太過分了……？

「……那個，二斗。」

雖然為時已晚，還是安撫她一下吧。

我這麼想並開口：

「我也、那個……就是……有些話想說——」

「——打擾了……」

——門卻打開了。

minase小姐忽然——打開我們所在的客廳門現身。

「……啊！不好意思！」

可能是發現我們的氣氛很凝重，她一臉驚慌。

「我是來看看狀況的，那個……」

……糟糕，被她看到有點難堪的場面了。

正在吵架的尷尬場面。

總覺得不該讓這個人看到二斗的這種模樣。

而且她是什麼時候進來的？因為隔音設備太好，我完全沒聽到聲音……

怎麼辦，接下來要怎麼讓氣氛恢復……

正當我獨自煩惱時——

「……請、請問——」

不知為何，從門縫間探出頭的ｍｉｎａｓｅ小姐小心翼翼地問。

「難道你們……在吵架嗎？」

仔細一看——她的臉上寫滿了好奇。

還開心地用閃閃發亮的雙眼看著我們——

「情侶吵架……那種感覺……？」

——對了！別看她這樣，她超喜歡戀愛話題！

是會因為這種事興奮起來的人！

「……啊啊，沒有！不是這樣啦！」

我代替情緒低落的二斗急忙開口辯解。

「該怎麼說，我們只是在聊跟朋友有關的事……」

「咦！朋友嗎……！」

聽到這句話，ｍｉｎａｓｅ小姐的雙眼莫名變得更明亮了。

「難道……有人要把你搶走嗎？」

「不是啦！」

「還是……三角關係？」

「就說不是了！」

這間房子的隔音技術將我的喊叫聲完美消除，沒有什麼回音，消融在空氣中——

……以後得小心提防ｍｉｎａｓｅ小姐的「超愛戀愛話題」模式呢。

＊

「——嗨。」

「喔。」

隔天，我正要從教室前往天文同好會時，在走廊上和五十嵐同學碰個正著。

我們不約而同地一起走向社團教室。

順帶一提，二斗要留下來處理一些班級幹部的工作。

可能會晚一點過來。

「……對了，三津屋的事怎麼樣了？」

「嗯～～我還在考慮。」

聽我這麼問，五十嵐同學嘆了口氣。

「我本來想早點給他答覆，但他說願意一直等下去，我就恭敬不如從命了。」

「啊～～但本人都這麼說了，就不必著急啦。」

仔細想想，我們從四人約會那天以後就沒有這樣好好聊天了。

因為待會二斗就要說出那件事，我有點緊張。

「……對了，妳在考慮什麼？」

我試著進一步探究。

「是對某方面不太滿意嗎？」

「沒有，不是那樣。」

五十嵐同學輕輕搖頭。

「我反倒覺得，他的條件無可挑剔。長得帥，個性體貼，感覺也是真心喜歡我。」

「這……嗯，的確是。」

我也完全贊同她的觀點。

三津屋不但條件優越，還能在他身上找到共鳴，是個很棒的人。以「男友」來說，算是無可非議的男性。

只是……

「……不過～～嗯～～……」

五十嵐同學似乎還無法拿定主意。

「總覺得，嗯嗯……」

……嗯～～

換句話說，就是沒感覺吧。

光看條件是不錯，可是——現階段肯定還不到超有好感的程度。

至少不是戀愛感情，一定是這樣。

……若是如此，當然會煩惱。

以現在的感覺來說，當然也可以交往。

既然印象不差，也可以先成為情侶，再慢慢培養感情。身為三津屋粉絲的我也想建議她這麼做。

……但五十嵐同學應該不是這種人。
感覺她非常執著，對喜歡的東西十分專一。
跟真的喜歡的人交往或許比較適合她。
但我也沒有戀愛經驗，沒辦法如此斷言就是了……
然而……

「——話雖如此，我是打算跟他交往啦。」
走上社團教室旁邊的樓梯時，五十嵐同學這麼說。
「雖然找很多理由，考慮了半天，但我想跟他交往，讓這件事告一段落。」
「……咦，真的嗎？」
「嗯，這樣比較好吧。」

——太意外了。
我完全沒想到五十嵐同學會有這種想法。
告一段落？為此和三津屋交往好嗎？
而且……這樣比較好？這種說法也怪怪的。
她是會因為這種理由交男朋友的人嗎？
「……怎樣啦？」

發現我沉默不語，五十嵐同學不滿地轉過頭來。

「坂本，你不贊成嗎？」

「啊，沒有……不是這樣。」

糟糕，我好像把心情全表現在臉上了。

我急忙搖頭否認。

「我只是……有點意外，五十嵐同學居然會因為這個理由……跟別人交往。」

「……是嗎？」

「嗯，感覺妳應該更……該說是潔癖嗎？我還以為妳是理想主義者……」

「啊哈哈，理想主義啊……」

這時五十嵐同學——忽然笑出聲來。

她的表情真的很高興，很久沒看她這麼開心了。

「或許吧，我的行動準則向來不是算計或盤算。」

……對吧。

如果她行動時會有所算計，就不會對二斗這麼執著了……

「……那這次為什麼要這麼做？」

「嗯～～……」

聊著聊著，我們走到了樓梯最上方。

社團教室就在走廊另一頭，映入眼簾。

「因為我覺得我也不能再原地踏步了。」

然後——五十嵐同學落寞地說。

「繼續像現在這樣毫無作為，找不到能全心投入的事情，我只會被拋棄。」

「……被什麼拋棄？」

「這個嘛……」

五十嵐同學站在社團教室前，露出沉思的表情。

接著她將手放上門把——輕輕一笑後，給了我這個答案。

「……流逝的時間吧？」

＊

「……那個，我要說一件重要的事。」

二斗的嗓音難得帶著緊張。

「那個，請萌寧和六曜學長聽我說幾句……」

所有成員都來到社團教室後，過了一會。

就在差不多要開始製作影片，思考今後的活動的時候。

「嗯，什麼事？」

「咦～～怎麼這麼嚴肅？」

非比尋常的狀況讓六曜學長和五十嵐同學抬起頭。

「沒有啦～～其實……我要跟你們報告一件事。」

說出這段開場白後，二斗的表情微微繃緊。

接著用戰戰兢兢的口吻對兩人說：

「那個……我決定要搬去位於都心的公司宿舍了。」

「喂，真的假的？」

第一個開口的是六曜學長。

「妳說都心，表示要離開杉並區吧？難道要轉學嗎？」

「沒有，我會繼續留在天沼高中……」

「這樣啊，那就好。」

六曜學長如釋重負地輕撫胸口。

「畢竟如果又有成員離開，天文同好會也會變得很冷清。」

「……什麼時候要搬？」

五十嵐同學繼續追問。

「會在暑假期間準備，在第二學期開始前搬過去嗎？」

是啊……通常都會這樣打算。

現在是七月上旬，要搬家的話，選在這個時期很正常。

可是——比起這個，五十嵐同學的口氣居然很冷靜。

就算跟六曜學長相比，也絲毫沒有驚訝或憤慨的樣子。

這也讓我覺得不太對勁。

「……啊～～沒有，我馬上就要搬過去了。」

二斗更尷尬了。

她將今天最大的重點——最可能引發爭執的這件事說出口。

「應該是……兩週後吧。」

「喂，那就沒剩幾天了嘛。」

——六曜學長。

率先發難的人還是他。

「兩週後？是剛好考完期末考的時候嗎？」

「對啊，差不多……」

「要這麼趕嗎？」

「啊啊，呃，那個……」

二斗的口氣變得十分含糊不清。

「其實很早之前就定案了……只是我忘記跟你們說。」

「啊～～真的假的～～」

說完，六曜學長往後靠到椅背上。

「但妳最近確實很忙啦。」

……六曜學長是這種反應。

畢竟他對二斗沒什麼執著，現階段只是同好會的學長學妹。

就算分隔兩地，他們的關係也不會改變，儘管二斗沒有告知，他也沒理由生氣。

可是——我偷偷瞥了五十嵐同學一眼。

她是二斗的死黨。

把陪在二斗身邊看得比什麼都重要。

像這樣隨便又臨時地通知這件事……她會怎麼想呢？

會受傷嗎，還是勃然大怒？

兩人之間會不會在這時發生那場大爭吵……

——我如此做好警戒。

至少——已經做好準備面對她沮喪或悲傷的情緒了。

「——哦，是喔～」

平淡至極。

五十嵐同學的反應——比我想像中冷淡許多。

「還行嗎？房間整理完了嗎？」

「沒有～毫無進展～」

說完，二斗垂下肩膀。

她一臉悲苦，卻看得出她對五十嵐同學沒有大發雷霆這件事鬆了一口氣。

「東西扔得到處都是，完蛋了啦～得趕快想想辦法……」

「那請坂本幫妳啊。」

「啊，不錯耶！就這麼辦！」

「呃，妳們兩個！不要擅自使喚我做事！」
我雖然反射性開口吐槽——卻覺得十分不對勁。
五十嵐同學的樣子很奇怪。
我實在不覺得這是她發自內心的反應……
「咦～拜託啦……我只能拜託你了！」
「呃，那也不能讓男孩子做這種事啊……因為是女孩子的房間，而且還是家喻戶曉的女孩子……」
「咦～～有什麼問題嗎？巡，難道你以為我會叫你整理內衣褲嗎～～？」
「才沒有！」
說完，我偷偷看了五十嵐同學一眼。
她露出淺笑，看著我和二斗鬥嘴。
——她真的一點想法都沒有嗎？
過去她一直這麼執著的二斗，像姊妹一樣一起長大的二斗就要離開了。
而且……還沒有跟自己報告。
……我實在不這麼認為。

*

——當天晚上，在五十嵐同學和二斗家附近那個充滿兩人回憶的公園——

「——這應該是你第一次主動約我出來吧？」

五十嵐同學換上便服坐在長椅上，看到我過來後輕笑著說。

「是啊，不好意思，都這麼晚了。」

「哎呀，沒事啦，反正走個幾十秒就到家了，我也猜得到你想說什麼。」

「……我想也是。」

在她身旁坐下後，我嘆了一口氣。

我想談的——當然是今天的事。

我想知道五十嵐同學的真心。

想確認她聽到二斗說那種話之後，真正的想法是什麼。

可是……

「而且，這也正好。」

五十嵐同學用這種口氣繼續說道：

「我也要跟你報告一件事。」

「報告？」

「我決定要交往了。」

輕描淡寫。

彷彿不經意說出口。

「我決定要跟三津屋交往。」

「……真的嗎？」

「哎呀～～其實我還是拿不定主意，但他太熱情了。」

她的語氣還是一樣，平淡到不自然。

五十嵐用有些淡漠的口吻繼續說：

「他每天都說喜歡我，還說一定會讓我幸福，讓我覺得他是真心的。」

「……這是自然的吧。」

「所以我決定跟他交往看看。五人制足球也很有趣，我想認真試一試。嗯，這都是你的功勞。」

說完，五十嵐同學笑了。

臉上戴著微笑的面具。

「我找到想珍惜和可以全心投入的事情了，所以謝謝你。」

「……是、嗎……」

……表面上來說，五十嵐同學說得或許沒錯。

為了戒除對二斗的依賴，她想找到能讓自己全心投入的事情。

多方嘗試後，她不但找到想做的事，也交到男朋友。

這樣的確——可以說是完美結局吧。

五十嵐同學成功得到了渴望的事物，我應該為此高興，也應該引以為傲。

——可是為什麼？

我為什麼覺得——這麼奇怪呢？

但我又無法用言語好好解釋這種奇怪的感覺。

「……這樣真的好嗎？」

自然就變成了這麼籠統的問法。

「五十嵐同學……妳真的能接受這個結果嗎？這真的是妳想要跟二斗建立的『新關係』嗎……」

——沒錯，「新關係」。

我認為——她們現在的關係絕對稱不上好。

二斗應該把更多心思放在五十嵐同學身上。

五十嵐同學也該要求二斗更認真地正視自己。

這種關係走到最後——只會讓兩人漸行漸遠，無疾而終。

那不就無法挽回了嗎？

可是……

「……嗯～這個嘛……」

五十嵐同學的語氣依舊沉靜。

「聽到搬家的事……聽到千華要離開荻窪的時候，我只覺得這一刻終於來了。」

「……這一刻？」

「對，我該有所改變了。」

——該有所改變。

五十嵐同學……是這樣解讀的啊。

對於二斗沒向她報告的事，她的第一反應既非憤慨也非抗議，而是覺得無可奈何。

所以——才會覺得應該改變的是自己。

「因為大家都在往前走……」

五十嵐同學露出淺笑，輕聲呢喃：

「那我也該邁出第一步啊，找個夢想，努力往前進……」

——是這樣嗎？

五十嵐同學也非改變不可嗎——

我不清楚。這真的是最好的結果嗎？

……我們當然不可能總是做出最好的選擇。

有時也必須妥協和放棄。

可是現在——真的已經到了該妥協的時候嗎……

「……妳跟三津屋說了嗎？」

「嗯，我剛剛打給他了。」

五十嵐同學點點頭，不知為何歉疚地笑著說：

「哎呀～～他超開心的，嚇我一跳。」

「……我想也是。」

我想起三津屋在約會那天有多拚命。那麼認真追求的女孩子答應和自己交往，當然會很開心吧。

「真是的～～他在電話那一頭像瘋了一樣，說到後面還哭了呢。」

「啊哈哈，很像他的作風……」

「看他高興成那樣，我心情也滿好的。所以……嗯，算是皆大歡喜吧。」

「……這樣啊。」

「所以……」

五十嵐同學再次看著我說：

「剛剛也說過了，謝謝你。」

「……嗯。」

「我可能還會找你討論三津屋的事，以後也要麻煩你啦。」

「好。」

我本來想用力點頭答應，用爽快的態度祝福兩人交往。

但不知為何，我的嗓音帶著幾分嘶啞，不知道五十嵐同學有沒有聽出來。

第五話 chapter5

【漸行漸遠】

「——沒、沒問題吧？東西都帶齊了嗎？」

「嗯。」

「那邊的房間鑰匙帶了嗎？送給鄰居的點心呢？」

「就說沒問題了。」

時間一晃眼就過了。

在我們忙著準備期末考、製作影片和天體觀測時——來到七月下旬。

在線上演唱會的前幾天，迎來二斗搬家的日子。

「啊啊，真是的，好擔心啊……」

我來到ＪＲ荻窪站前為她送行，整個人心慌意亂。

「感覺妳會忘了帶東西，讓我很不安……」

「巡，你幹嘛緊張成這樣？」

二斗似乎覺得我的反應很有趣，有些不解地笑了出來。

「又不是你要搬家。」

她說得對。

今天要搬家的是二斗，我沒必要慌成這樣。

可是……

「我就是靜不下來嘛！」

我依舊憂心忡忡地對她說。

「感覺會出什麼問題～嗯～～」

最近我終於明白了。

二斗在擅長跟不擅長的領域，能發揮的力量會有極大的落差。

比如她在學校會表現出模範生的樣子。具體來說，她擅長考取好成績、包裝自己的言行舉止，音樂更是她的看家本領，條件絕對是高人一等。

但整理房間、打掃、煮飯或洗衣這些生活中的基本家務，應該就算是她不擅長的領域。截至今天為止的搬家準備也是紕漏百出，都靠家人幫她善後。

更糟糕的是——當她滿腦子都是輪迴的事情時。

跟重新來過有關的壓力一襲來，她就會被逼到絕境，做出失控的舉動。她的腦袋會完全被進展順利的那些事占據，忽略其他事情。

這樣的她要搬家了。

我覺得她不可能萬無一失，就算真的準備周全，我還是覺得她會亂成一團。線上演唱會在即，現在如果出狀況就糟了……

「沒差啦，就算出問題，我們幫忙善後就行了呢。」

一起來送行的六曜學長這麼說，對我露出坦然的笑容。

「忘了帶什麼，我們可以拿過去，東西不夠也能買過去，你就放輕鬆，好好送她吧。」

「……嗯嗯……是沒錯啦。」

就算有什麼差錯，的確也不到難以挽回的程度。

現在或許該笑著送她離開。

但我就是實在放不下心，總忍不住慌張失措。

順帶一提——今天二斗的家人也在現場。

二斗的爸媽，還有跟她長得不太像的姊姊。就像她之前說的，他們感覺就像隨處可見的平凡家庭，我剛剛也跟他們打過招呼了。

「——幸、幸會……我是千華的朋友坂本！」

「——噢，你就是坂本同學啊！常常聽到千華提到你喔～」

「——喔喔，你就是那位男朋友啊！」

「——謝謝你平時照顧千華……」

他們謙虛客氣的態度，讓原本有些膽怯的我打從心底鬆了口氣。

畢竟是二斗的家人……我本來以為他們可能會很不按牌理出牌。
然而他們說話時會不停跟我鞠躬致意，看起來是正常人，很難想像二斗是出生在這種家庭。
「……不過……」
六曜學長看著手機嘀咕。
「萌寧好慢啊。」
「……是啊。」
他說得沒錯。
今天，天文同好會的所有成員原本都要來為二斗送行。
雖然不算離別，但這是二斗人生中的重要階段。
我希望我們能一起好好見證這一刻。
可是——五十嵐同學缺席了。
「……集合時間都過了，她平常都很守時啊……」
在一群散漫的成員當中，五十嵐同學是會確實遵守這種常識的人。
跟我出門嘗試各種活動的時候，她從來沒有在集合時間遲到過，學校作業也一定會在期限內準時呈交。

可是……她沒有來。

而且——還是二斗搬家的大日子。

「……我聯繫她看看。」

說完，我拿出手機打開ＬＩＮＥ。

「總覺得有點不安……」

再過幾天，二斗就要開直播了。

換句話說，離二斗和五十嵐同學鬧翻的日子也只剩幾天——

既然如此，我還是想慎重其事。如果她們之間可能會發生爭執，我想在事前就先釐清。

我傳訊息問五十嵐同學：「妳在哪裡？」過了一會就變成已讀。

然後……

萌寧：『抱歉。』

收到這則簡短的回覆。

萌寧：『我會晚一點到。』

巡：『（喜歡的Vtuber詢問「還好嗎？」的貼圖）』
萌寧：『我沒事。』
萌寧：『可是媽媽……』
萌寧：『身體不太舒服。』

——媽媽。

前陣子也見過面的萌寧媽媽。
看起來非常年輕，和五十嵐同學感情很好。
我記得她說萌寧媽媽今天也會過來……但身體不舒服嗎？

巡：『要不要去接妳們？』
萌寧：『應該不用。』
萌寧：『休息一下慢慢走就行了。』
萌寧：『應該幾分鐘後就會到。』

……原來如此。

那還是先不要太緊張，繼續等她吧。

我把手機收進口袋，打算跟二斗說剛剛的對話內容。

——然而……

「……嗚哇，真的假的？」

她正好——也在看手機。

二斗似乎剛看完某人的訊息，驚呼一聲。

「咦～～怎麼辦……嗚哇～～……」

「怎麼了？」

看她慌成這樣，我開口問道。

「妳也在跟五十嵐同學傳LINE嗎？」

「呃，不是……是saki傳訊息給我……」

咦……這樣啊。

我還以為二斗也跟我一樣傳訊息給五十嵐同學，在擔心萌寧媽媽的身體狀況……

「saki說什麼？」

「公寓的網路最近好像怪怪的……」

二斗這麼說，臉色變得更陰沉了。

「saki說昨晚直播的時候就不太順利，可能要請業者來檢查……但搞不好我房間也是這樣……」

「……喔喔，真的假的？」

「嗯，感覺不太妙……」

這確實是一大隱憂。

畢竟二斗是為了追求更好的隔音效果和網速才會搬家，而且幾天後就要進行第一次線上演唱會，網路卻無法正常運作，那就本末倒置了。

我想起二斗在四人約會那天說的話。

「——這場演唱會一旦失敗，後果會不堪設想。」

「——INTEGRATE MAG會倒閉。」

對二斗的演唱會來說，網速是至關重要的要件。

雖然還不知道二斗房間的網路是否也同樣不順……但她現在很緊張吧。我猜得沒錯，二斗的表情越來越難看了。

而且……

「……我要先過去了！」

——二斗從手機上抬起頭來，看著大家說：

「要是連不上就糟了，我得過去確認……！」

二斗——急得像熱鍋上的螞蟻。

在這個時間點得知網路失常，讓她心慌意亂。

看得出她的表情變得急躁，也逐漸失去冷靜。

只見她揹起行囊，再次轉向荻窪站——

「——咦？等、等一下啦！」

我不小心喊到破音。

「去了也不能馬上解決吧！所以要不要再等一會？」

「嗯嗯，但還是早點處理……」

「五十嵐同學馬上就到了！」

我用哀求的語氣說。

「剛剛好像是因為伯母身體不舒服才會遲到，她馬上就過來了……妳再等一會嘛！」

——沒錯，今天本該是個大日子。

這對死黨即將分隔兩地，關係面臨重大轉變的日子。

所以五十嵐同學才會勉強自己趕來這裡。

和身體不舒服的母親一起慢慢走過來。

我希望——至少跟她見個面，打聲招呼再走。

而且這麼做一定能避免兩人鬧翻——

「——對不起！我來晚了！」

——有聲音傳來。

我正好想到她——五十嵐同學的聲音就傳來了。

「媽媽剛才起身時好像有點暈眩……」

「不好意思，讓各位久等了……」

循聲望去，就看見五十嵐母女。可能是因為扶著媽媽走路，五十嵐同學的額頭上滿是汗水，瀏海都濕了。萌寧媽媽則在她的攙扶下站著。

「啊啊，好久不見！」

「還好嗎？」

「嗯，抱歉……可能是工作過度勞累……」

二斗的爸媽立刻跑到萌寧媽媽身邊聊了起來。

看來他們兩家人的交情真的很好，二斗爸媽和萌寧媽媽十分親近地聊著，也很關心她的狀況。

然後——

「千華，真的很對不起，我遲到了……」

——五十嵐同學帶著尷尬的笑容走向二斗。

「但我今天一定要來替妳送行……咦？」

她露出忽然驚覺的表情。

「難道……妳正好要走了？」

——她當然會發現了。

肩上揹著沉重的背包，正往車站走去的腳步。

而且二斗……

「……對啊，抱歉，那邊出了點問題。」

也用有些遲疑的口氣對五十嵐同學說。

「我本來想先走了……」

……要在當事人面前說出這種話，就算是二斗也覺得很尷尬吧。

她一反常態，說得吞吞吐吐，也不敢直視五十嵐同學。

「可是！聽到妳馬上就到了，我就和巡說還是再等一會！所以，嗯……沒關係！」

聽到這句話——

五十嵐同學——表情頓時僵住了。

可是……她臉上立刻浮現笑容，又頓了一下，彷彿在理解現況……

「……咦～妳可以直接走啊。」

她用一派輕鬆的口吻……

和爽朗的表情這麼說。

「所以是我們害妳等到現在嗎？唔哇～對不起～」

「呃，沒有沒有！情況也沒有這麼緊急啦……」

「但我們以後又不是再也見不到面了～」

——感覺太奇怪了。

五十嵐同學說的話，跟她的表情「有落差」。

五十嵐同學是不是——十分勉強自己？

是不是在拚命壓抑自己的真心——

「……五十嵐同學。」

我不知不覺間喊出她的名字。

「這樣……好嗎？」

五十嵐同學和二斗都看向我。

兩人的表情似乎都帶著一絲緊繃。

可是——我沒辦法住口。

「妳真的……要這樣面對二斗嗎？」

「……什麼意思？」

她的聲音聽起來極為冷靜。

「你說怎麼樣？坂本，你想說什麼……？」

「……二斗是妳的死黨吧？是妳最珍惜的人吧？」

「嗯，對啊。」

「我記得妳說……要跟她建立一段新的關係。」

這些話不停從我口中流瀉而出。

我也許應該就此打住，但我也無計可施。

「妳說要跟她建立更良好的關係，結果就是這樣嗎？妳今天不是一定要來送行嗎？妳想目送二斗離開荻窪吧？」

——是啊，本該如此。

自己的死黨要搬離一起長大的城市了。

她不可能不想過來送行。

所以五十嵐同學才會帶著身體不適的母親過來這裡……

如果我站在同樣的立場，一定也想這麼做。

「……可是，妳為什麼擺出這種無所謂的態度？」

——那天以後，我就一直覺得不太對勁。

就是四人約會那天，她被三津屋告白之後。

「我在想……五十嵐同學，妳是不是在勉強自己？」

我將這個猜測明確地說出口。

「妳是不是在拚命壓抑自己的心情……？」

在我看來就是這樣。

她在拚命壓抑想和二斗交好的心情。

假裝看不見自己的感情，裝得一派輕鬆。

這真的是正確的「新關係」嗎？這樣能讓二斗和五十嵐同學邁向幸福的未來嗎？

然而——

「……不然，還有其他方法嗎？」

——五十嵐同學回答的口氣聽起來有點落寞。

我還以為她會極力爭辯。

也做好了會吵架的心理準備才說出這些話。

可是她的聲音……讓我發現自己或許還理解得不夠透徹。

「一定……就是這樣吧。」

五十嵐同學繼續說道。

「……什麼？」

「時間流逝，就是這種感覺吧。」

「時間……」

「所以就算了吧，這也沒辦法。」

我看向五十嵐同學——發現她在笑。

她瞇起雙眼，露出看似放棄又像看開的表情。

「我——會接受這一切。」

……是這樣嗎？

經年累月，長大成人，走向各自的人生。

面對物理上的遙遠距離、情緒上的疏遠，接受這一切——

接受是唯一可行的方法嗎？

這就是我們的「新關係」嗎……

我實在無法理解，難以接受，卻又無法否認。

在兩人面前，我一句話也無法反駁——

＊

「——嗚哇，愁眉苦臉的！」

然後——我回到三年後確認情況。

在畢業後的天文同好會社團教室——

一看到我的表情，真琴就一臉厭煩地這麼說。

「……我的表情這麼難看嗎？」

「是啊，超級鬱悶，就像『無精打采』這個詞擬人化了一樣。」

「這麼誇張……」

我有點驚訝。

詼諧有活力算是我唯一的優點啊……

遇到困難也能泰然處之，不會太過認真明明是我的賣點。

真琴應該也覺得很煩吧……

從過去回來的學長忽然變得愁雲慘霧……

她可能會發幾句牢騷，或是冷冷地說「你要這樣的話，我就回家了」……

我原本這麼想。

「……真是的，這表情不適合你啦。」

真琴冷冷地這麼說。

「笑一個吧，這樣比較適合學長。」

「……真、真琴！」

……這、這傢伙是怎麼回事！居然會說這麼體貼的話……！

她真的是第一次這麼認真安慰我吧……

我感動得快哭了。

是啊……過去我以為自己是在單打獨鬥，但還有她在啊。

還有看著這一切的真琴守護著我。

所以——以後好好珍惜她吧。就像五十嵐同學身邊有二斗那樣，真琴或許才是我最珍貴的摯友——

「因為憂鬱的表情……」

真琴用毫無感情的表情繼續說：

「還是留給纖細美少年吧。」

「……啊？」

「這種表情還是適合黑髮鵝蛋臉的文學美少年，完全不適合長相普通又遲鈍的學長。」

「喂，妳說誰遲鈍啊！」

我的內心也有纖細的部分好嗎！常常看動畫感動到落淚耶！

「但還是笑一笑比較好，你適合有點呆呆的感覺。」

「我成績確實不太好啦！」

但我在第二輪很用功耶，稱讚一下我的努力啦！

「……唉。」

不知不覺，變回平常那種感覺了。

我嘆了口氣，環視周遭。

我這是第幾次回來三年後的社團教室了？

看起來跟上次來的時候沒有太大的差別。
「……現在狀況如何？」
我小心翼翼地詢問真琴。
「自上次回來以後，我做了很多努力……有什麼改變嗎？」
上次回到未來之後，我在過去做了各方面的嘗試。
努力尋找五十嵐同學的興趣，讓她和三津屋相遇。
最後他也向五十嵐同學告白。先不論這是好是壞，但未來應該會產生巨大的變化。
我在其他方面也下了一番苦心。
跟大家說明了搬家的事；二斗在出發當天也跟五十嵐同學見到面。
雖然我覺得問題並沒有解決，但應該有帶來不少變化。
「很多事情都變了喔。」
真琴直截了當地說，態度還是有些生疏。
「雖然差別沒有很大啦。」
……真琴也變了。總覺得在我改變未來的這段期間，我和真琴也變得漸行漸遠，讓我耿耿於懷。
「是嗎？變得如何？」

「首先，二斗學姊和五十嵐學姊在線上演唱會那天沒有鬧翻。」

「喔喔，真的嗎！」

「對。」

聽她這麼說，我有些雀躍。

這算是滿大的收穫吧！離解決問題又前進了一大步！

可是——

「……卻慢慢疏遠了。」

「……啊～～……」

「線上演唱會那天以後，五十嵐學姊就跟二斗學姊保持距離……關係慢慢疏遠，最後二斗學姊還是跟上次一樣失蹤了。」

「……這樣啊。」

換句話說……只是沒有大吵一架而已。

只是沒有爭吵，直接保持距離，不再來往而已……

問題還是沒有徹底解決嘛……

……但我也有點理解。

五十嵐同學——在壓抑自己。

她打算將自己的真心當成不能表現出來的情緒，都憋在心裡。

一定是因為這樣才沒有吵起來。她沒有讓情緒爆發，只是默默離開二斗身邊——

——改變的只有表象，此刻問題一定還存在——

「……唉。」

我嘆了一口氣，再次陷入沉思。

「該怎麼辦……」

在未來的時間軸，離線上演唱會沒剩幾天了。

在那之前，我要怎麼解決這個問題？

我要如何從中調解兩人的關係……

「……對了。」

我忽然想到一件事，轉向真琴問道：

「我現在……有個煩惱，可以跟妳討論嗎？」

「……跟我討論？」

「嗯。」

過去真琴幫了我不少忙。

她在關鍵時刻陪我商量，還提供絕妙的好點子。

說不定這次真琴也能幫忙找到顛覆現狀的方法！要說的話，她也是女孩子，應該比我更了解女生之間的關係。

「……是可以啦。」

可是沒想到……眼前坐在椅子上的真琴露出興趣缺缺的表情。

「我……跟大家不是很熟，不確定能不能給出好意見……」

……不是很熟。

在這個時間軸……真琴果然不常來社團教室吧。

除了我之外，感覺她跟其他成員幾乎沒有交集……

然而……現在不是繼續深究的時候。

「……呃，那先跟妳說說五十嵐同學和二斗的關係吧。」

總之，我先將目前的大致情況簡單說給她聽。

包含兩人的關係，以及五十嵐同學尋找夢想的事。

還有五十嵐同學最後陷入有點壓抑自己的狀態——

「——原來如此。」

聽我說完後，真琴嘆了口氣。

「我理解狀況了，可是……」

真琴雙手環胸，陷入沉思。

但又投降似的看向我。

「……對不起，在這個狀況下，我還是想不到能直接解決的方法……」

「……這樣啊。」

嗯……我想也是。她又不是安樂椅偵探，怎麼可能剛聽過狀況就找到顛覆現狀的方法。

這樣不行，之前也是這樣，我可能太依賴真琴了……

「抱歉，這樣為難妳，妳一定毫無頭緒吧。」

「嗯，不好意思。不過……」

這時，真琴往下看。

「有件事讓我很在意。」

「……什麼事？」

「就是五十嵐學姊要尋找夢想這件事。」

真琴嘆了口氣，托著臉頰說：

「學長對這件事沒什麼疑問，五十嵐學姊似乎也很執著，覺得非找到不可……」

然後——她面向窗外。

眺望春日午間的荻窪街景說：

「……但真的有那個必要嗎？」

她自言自語似的這麼說。

「我自己是也喜歡悠閒地耍廢……看看喜歡的V、玩玩遊戲，過得跟改寫之前沒什麼兩樣……」

……這句話讓我心裡一驚。

毫無目標可言的生活，就像過去這三年我跟真琴過的那種日子。

「這種生活有那麼糟糕嗎……」

然後真琴——沒有將目光轉向我，輕聲說道：

「——只有熱血又璀璨的生活，才算是青春嗎……」

＊

之後我回到過去，繼續思考解決方法，同時也和兩人繼續相處。

然而依舊毫無進展。不知不覺間，來到線上演唱會當天的星期五——

——放學後，發生了意想不到的大事。

＊

——走廊上傳來慌慌張張的腳步聲。

聽起來像是某人往此處跑來的腳步聲。

我、五十嵐同學和六曜學長三人在社團教室裡。

二斗的線上演唱會預計從今晚八點開始，所以不參加同好會活動。

我疑惑地和他們面面相覷。

「——不好意思，我要進去嘍！」

那個人連門都沒敲，直接打開社團教室的門——

「……啊啊，妳在這裡啊，五十嵐同學！」

結果是千代田老師，她氣喘吁吁地喊了五十嵐同學一聲。

「怎、怎麼了……？」

正在用電腦的五十嵐同學一臉茫然地從椅子上起身。

「找我有什麼事嗎……？」

「……我剛才接到通知……」

千代田老師先嚥下一口口水，對神情不安的她開口說：

「妳媽媽在職場昏倒了——」

第六話 chapter6

【Is it you ?】

萌寧媽媽——五十嵐杏里被送到轉運站下一站的醫院。

鄰近市區的都立綜合醫院。

「……應該不會有事。」

我們搭上開往醫院的電車。

五十嵐同學的身體因為發車的起動速度微微傾斜，並如此說道：

「之前就發生過好幾次類似的狀況……但每次休息過後就會好轉，應該不嚴重。」

然而她的額頭上冒出冷汗，不像她說得那麼從容。

臉色看起來也比平常慘白——

事到如今，我終於發現她是「隱忍型人格」。

或許我應該更早發現。

雖然旁人看不出來，但仔細想想，她至今一直在勉強自己——

＊

「——我馬上去醫院。」

接獲千代田老師的通知，臉色大變的五十嵐同學這麼說。

「是哪間醫院？東京衛生醫院嗎？還是職場附近的？」

看得出來她在努力保持冷靜。

也看得出來她在拚命克制自己，不要慌張。

可是——

「在大久保，車站附近的附屬醫院。」

「我查查看。那邊應該搭電車比較快——」

——她一邊說一邊整理書包，手卻抖個不停。

看起來連腳步都驚慌凌亂——

「我、我也跟妳去！」

我下意識當場站起身。

「讓她一個人去不太放心，我也一起去！」

「……好，麻煩你了。」

千代田老師一臉嚴肅地對我點一下頭。

「千萬要小心，不要連你們都出事了。有問題隨時跟我聯絡。」

「我剛剛把查好的路線用ＬＩＮＥ傳給你們了。」

六曜學長從手機抬起頭對我說。

「最快抵達的電車，還有車站到醫院的地圖。那條路線應該是最快的。」

「……謝謝。」

五十嵐同學環顧大家後低頭道謝。

「謝謝你們的幫忙！那我過去了——」

*

中央線沿途的景色在車窗外緩緩流逝。

我往東南側的遠方看去，低矮建築的後方已經能看見新宿副都心的高樓大廈了。在大幅傾斜的夕陽照射下，大樓漫反射出淡黃色的光，看起來就像在紀念什麼的紀念碑。

「……我爸媽很早就離婚了。」

五十嵐同學忽然嘀咕道。

「所以我一直跟媽媽相依為命……」

「……這樣啊。」

第一次聽說這件事。

我們沒聊過家人的話題，我也不知道她的家庭狀況。

但經她這麼一提，她好像從來沒提過父親的事。

「所以家裡才那麼小，也沒有私人房間，二十四小時都會見到彼此……」

「……原來如此。」

「早上很辛苦，要搶著用盥洗室……」

「啊哈哈，可以想像到。」

總覺得可以理解了。

能從過去的許多細節中看出五十嵐同學重視家人的一面。

會幫媽媽拿東西，講電話時正在洗碗，能從料理中感受到細心和無微不至的體貼。

這或許是五十嵐同學本身的個性使然，但家庭環境應該也有影響。

「……但我一點也不覺得辛苦。」

五十嵐同學用極為平淡的語氣說。

「媽媽真的很疼我，我從來不覺得自己缺乏親情，反而覺得她太寵我了？寵到我都覺得不好意思的程度，每天都過得很開心。」

「確實有這種感覺。」

跟萌寧媽媽在一起時，五十嵐同學的臉上沒有半點不幸的陰影。

是非常富足的親子關係。

反而比時常吵架的坂本家好多了。

「可是啊～～」

說到這裡，五十嵐同學長嘆一口氣。

「我還是太勉強她了。」

「勉強？」

「媽媽好像非常能幹，在公司也不斷晉升。」

「啊～～她確實感覺很能幹。」

不但氣質華美，也給人一種俐落的印象。

總覺得是在大企業中擔任要職的人。

「對吧？」

五十嵐同學露出自豪的笑容。

「但她原本體力就不好，有時會把自己逼到極限，搞壞身體，卻還是為了我努力工作。

畢竟我想讀專門學校。」

「……嗯。」

在三年後的未來，五十嵐同學確實考進了設計類的專門學校。

跟就讀國立大學後出社會就職相比，花費應該相當可觀。

「所以我一直說要出去打工，她卻拚命阻止我。」

「咦，為什麼……？」

「她希望我趁年輕時好好享受年輕人才能做的事，因為媽媽高中時似乎過得很自由，她希望女兒也能有相同的經歷。」

「……原來如此。」

我點點頭，並深吐出一口氣。

然後——

「真是一位好母親呢。」

——說出心中的感想。

自然而然地說出聽完後，內心最純粹的想法。

「萌寧媽媽是個非常棒的人呢。」

「是啊。」

五十嵐同學也點點頭，露出難受的笑容。

「她真的是個好媽媽，所以……」

……下一句一定是她真正想說的話。

但還來不及說出口，電車就抵達目的地車站了。

我們快步下車，往驗票閘口走去。

*

——一到醫院，醫生似乎正在等我們，五十嵐同學被醫生帶到診間聽取病情說明。

這段期間，我在大廳等候。

我原本想看看手機，翻閱擺在旁邊的雜誌打發時間。

可是——完全靜不下心。

我想盡量保持平常心，卻始終無法冷靜。

而且等了二三十分鐘，五十嵐同學都沒有回來。

這也讓我越來越不安。

……難道病情很嚴重？甚至危及性命……？

我實在坐不住便從椅子上起身，打算去看看狀況。

就在此時——

「——謝謝醫生。」

五十嵐同學從診間出來。

她向醫生鞠躬道謝，一看到我就朝我走來。

「……呼。」

她深吐出一口氣，坐在長椅上。

「……醫生怎麼說？」

我戰戰兢兢地詢問五十嵐同學。

「伯母沒事吧……？」

「……嗯～～他說了很多。」

「嗯。」

「先說結論吧。」

「結論是……？」

我緊張地嚥下一口口水。

雙手握拳，直盯著五十嵐同學的雙眼。

然後——

「……好像沒事了。」

說完——五十嵐同學誇張地吐了一口氣。

「疲勞加上免疫力下降，各種狀況一口氣爆發……才會變成這樣，好像沒什麼問題。」

「……這樣啊。」

我也忍不住靠上長椅椅背。

「太好了～～……」

「讓你擔心了……」

「不不不，不用顧慮我的心情……」

「但現在的身體狀態算不上健康……所以之後要住院觀察一陣子，有很多手續要準備，這好像很麻煩。我剛剛聽護理師解釋過了，但還是頭昏腦脹……」

「啊～～我想也是～～」

……原來如此，是因為聽護理師解釋才會花這麼多時間吧。

畢竟對我們這些普通高中生來說，這種手續太沉重了……

但依照她的個性，感覺會想辦法獨自扛下這一切。

「……那個，這種事要找身邊的人幫忙啦。」

我稍微帶著試探的口吻這麼說。

「我也好，六曜學長也好……二斗的家人也會願意幫忙吧，所以遇到這種事不要客氣，直接依靠我們吧。」

說白一點，我們還只是孩子。

各方面的能力都比不上大人，在社會上也是應該受到監護的存在。

所以遇到這種事，大可直接找人求助。

我也希望五十嵐同學能這麼做。

「嗯，知道了，我會求救的。」

「嗯。」

「媽媽一定也是因為開不了口才會變成這樣。」

「……是啊。」

我們互相點頭，接著陷入沉默。

某處傳來醫療器材的運作聲，櫃檯在喊下一位患者。

不久前，我還覺得跟五十嵐同學獨處很尷尬，但像現在這樣默不作聲，也只感覺到跟朋友在一起的自在感，真不可思議。

然後——

「……欸，坂本。」

五十嵐同學用顫抖的嗓音喊了我一聲。

「我……終於發現了。」

仔細一看——五十嵐同學的雙眼。

從妝容精緻的濃密睫毛之間，落下一滴淚水。

她急忙用手指抹去，眼淚卻掉個不停，睫毛膏跟眼線都逐漸暈開。

「我發現了……不，不對，說不定我其實早就明白了。心裡明明清楚得很，卻裝作不知道……」

一字一句從她口中流瀉而出。

然後——五十嵐同學看向我。

再次抹去淚水後——

「我——早就有想珍惜的東西了。」

說完，她微微一笑。

「我需要的不是能讓自己拚盡全力、全心投入的事情，我早就已經擁有……真正不可或缺的寶物。」

——能讓自己拚盡全力。

——能讓自己全心投入。

讓我們找了好一陣子。

而且——不知不覺間將她逼到走投無路的事物。

「那個，其實我不想改變自己。」

她——直截了當地這麼說。

「快快樂樂過日子，跟媽媽幸福地住在一起……我只想好好珍惜現在的生活。」

「……這樣啊。」

啊啊……我能理解她的心情。

該怎麼說呢，這句話——很適合五十嵐同學。

對這陣子老是在勉強自己，說的每句話都充滿語病的五十嵐同學來說，這句話真的很有她的風格。

「就算千華靠音樂博得知名度，坂本變成天文學家，六曜學長當上公司老闆，我也沒必要跟上你們的腳步。畢竟我做不到，而且我也沒有這個念頭……我想讓自己喜歡上這樣的人生。」

「……嗯。」

「欸，你知道嗎？」

五十嵐同學這麼說——並看著我。

她用妝容花得一踏糊塗的臉對我露出笑容。

「光是成功做出美味的早餐就興奮雀躍的那種心情；把碗盤整齊放在瀝水籃裡就覺得很舒暢的心情；晚上媽媽筋疲力盡地回到家時，我已經做好晚餐，那種驕傲至極的心情……」

——我當然知道。

我其實也能體會那些幸福的時刻。

「借媽媽的衣服穿出門時，心癢難耐的感覺、在回家路上抬頭看見被夕陽染紅的天空，而且在路上跟媽媽偶遇的喜悅……對我來說都是貨真價實的寶物。」

而且這一切——五十嵐同學比任何人都清楚。

這些日常小事讓她感到幸福。

這樣就夠了——或許她真的不需要其他事物。

我想起真琴說的那句話。

「——只有熱血又璀璨的生活，才算是青春嗎……」

當然不是。

每個人心中都有不同的正確答案，努力追求那個目標肯定才是最重要的。
打從一開始，五十嵐同學就希望維持現狀。
光是能察覺到這個事實——就夠了。
「所以，往後我也想好好珍惜這些感受，在日常生活的每一天仔細品嘗箇中滋味。對我來說……這才是最幸福的事……」
「這樣啊……」
我點點頭，嘆了口氣。
然後——
「……這陣子真對不起。」
回首過去種種，我自然而然地對她這麼說。
「我可能是讓妳痛苦的最大元凶，一直要妳去做不喜歡的事。」
「……啊啊，才不是呢。」
五十嵐同學卻有些意外地瞪大雙眼，搖搖頭。
「沒有啦，錯的是我，坂本只是陪著我而已，我反而才該跟你道歉。而且……」
她再度露出笑容——
「你不是有問我，是不是在勉強自己、壓抑情緒嗎？」

「……是啊，沒錯。」

「一開始我還很火大呢，氣得心想：『你這樣說，要我怎麼辦嘛！』」

「咦～～妳果然生氣了……」

我本來就在猜是不是這樣了……

畢竟五十嵐同學當時明顯是在強忍著憤怒……

但像這樣當面聽到她說，我還是覺得很害怕……

「所以……是坂本最先注意到我的情緒，提醒我做錯了……」

說到這裡，五十嵐同學嘆了口氣。

她總算變回平常的樣子了。

「以後我希望能用這種心情——繼續和千華當好朋友。」

「……嗯。」

「雖然不知道未來會變得如何，可能還是會遇到困難，不過到時候再說吧，我覺得這樣就好。」

「……好。」

「所以，尋夢之旅到此結束。」

說完，五十嵐同學直盯著我。

並對我露出至今最真心的笑容。

「謝謝你陪我一起玩又到處挑戰，我很開心。」

「嗯，我也很開心。」

「以後有時間也要一起玩喔，坂本。」

看到她說這些話的表情。

那如釋重負的笑靨——我就知道她找到答案了。

我們始終想找出五十嵐同學和二斗的新關係。

五十嵐同學終於找到了——

這就是——她的答案。

……但我覺得事情還沒結束。

一定不是只有五十嵐同學在尋找。

還有另一個該找出答案的人——

在我所在的未來，五十嵐同學和二斗會在今天大吵一架。

或是五十嵐同學主動讓這段關係慢慢疏遠。

在「她」那邊一定也存在著某些問題，就是她對待五十嵐同學的態度。得重新審視這個問題才行——

「……好。」

——要做就趁現在。

我從長椅上起身，看向手機，時間——快要晚上七點了。

現在還來得及——

「那……我先走了。」

「……這樣啊。」

只聽我這麼說，五十嵐同學似乎就察覺到了。

她看著我，點了一下頭。

「路上小心喔，坂本。」

「妳才是，一個人留在這裡沒問題嗎？」

「嗯，有事情我再跟你聯絡。」

「好……那我走了。」

「嗯，慢走。」

五十嵐同學對邁出腳步的我揮揮手。

這讓我感到十分安心……彷彿其實是她在背後推著我前進，讓我忍不住笑了。

＊

「……是說，她住哪一間啊！」
然後——我來到二斗家。
她前陣子剛搬過來，待會要開始線上演唱會的公寓。
在公寓入口處——我馬上就愣住了。
「糟糕……我還以為來到這邊就能解決問題，但都忘了，這裡是自動門鎖啊！」
眼前是讓人輸入房號的數字鍵。
我本來想迅速輸入二斗的房號，再大喊：「二斗！我有話跟妳說！」帥氣登場，但……
「我只記得……她住三樓，是三〇……二嗎？嗯～～……」
上次我只在二斗家待了一會，完全想不起來是幾號房……
想不起來了。
「啊～～真是的，怎麼會卡在這一步啊！」
再來只要跟二斗談談就好了！把現在的狀況告訴她，讓她好好思考「自己的心情」就好了啊！

結果竟然在這種地方卡關，連我都覺得很像我會做的事。

受不了，每次我想耍帥的時候都會發生這種事……

「要打給二斗嗎？不，直播快開始了，她不一定會接……」

看看時間——再三十分鐘就要開始直播了。

她應該在準備了，可能不會注意到。

而且二斗原本就不太會把手機放在身邊……

「——那就沒辦法了！」

我在這時下定決心——

「總之靠直覺行動吧！」

我憑藉模糊的記憶，按下「三〇二」。

再按下通話鍵！

對講機發出類似「叮咚～」的聲響，過了一會後——

『……請問是哪位？』

傳出了充滿疑惑的聲音。

——搞錯了。

這明顯不是二斗的聲音。

這個嗓音沉穩中帶點嘶啞，跟二斗悅耳又開朗的聲音不一樣。

糟、糟糕！按到別人家的門鈴了！

「啊，不、不好意思……！我好像搞錯了！」

我急忙對著攝影鏡頭頻頻低頭道歉。

「我好像按錯房號了，哈哈哈……」

居然在這種時候按錯門鈴，要打擾也該有個限度！

說不定人家正在吃晚餐……！

不過——

『——咦？你是二斗前輩的……』

對講機另一頭的人發出驚覺的聲音。

『是二斗前輩的男朋友吧？』

「……咦？啊、是的，沒錯！」

『那個……是我啦。』

說到這裡，聲音主人也稍微卸下心防——

『直播主ｓａｋｉ。』

「……啊、啊啊啊！妳好，好一陣子沒見了！」

——是ｓａｋｉ。

二斗在INTEGRATE MAG的同事，上次搬家時有跟她見過面。

這樣啊……她住在二斗隔壁，我不小心按到她家了……

『你來找二斗前輩嗎？』

她在對講機的另一頭這麼問。

『等等線上演唱會就要開始了。』

「對！我有話想跟她說！」

『我先幫你開門吧。』

ｓａｋｉ說完，我眼前的自動門就打開了。

『二斗前輩的房號是三〇三，你去那邊看看吧。』

「知道了，非常感謝妳！」

我對攝影鏡頭深深一鞠躬，就加緊腳步衝進電梯間。

＊

然後——

「……怎麼了？」

我來到——二斗的家。

她來玄關替我開門，身後是早已為直播做好準備的房間。

「有什麼事嗎……？」

我頓時倒抽一口氣。

她——已經變成nｉｔｏ了。

無神的雙眼、平淡的表情。

低沉的嗓音、漆黑的洋裝。

最明顯的是整體氛圍。她渾身散發出的氣息，跟平常在社團教室的感覺截然不同——

——我在第一輪高中生活中看過好幾次。

只能在影音網站上看到的——音樂家ｎｉｔｏ。

此刻就在我眼前——

目光一轉，我瞥見了放在客廳的鍵盤和麥克風。

旁邊放著筆電和燈光器材。

還有ｍｉｎａｓｅ小姐和一位跟她同年齡層的男性……我猜是INTEGRATE MAG的工作人員，他正在進行某項作業。

——我頓時被這種氣氛震懾住。

將左右公司未來的線上演唱會馬上就要開始。

要我衝進去搗亂，老實說，我覺得很恐怖。

可是——某些情景浮上我的心頭。

二斗失蹤的未來，以及當時帶給我的絕望感——

為了避免這種憾事、守護她——我現在就該勇敢踏出一步。

「我有話要說。」

我直盯著二斗這麼說。

「是很重要的事，拜託妳聽一下。」

「馬上就要直播了。」

二斗卻不帶感情地這麼說，並走回房間。

「不能結束後再談嗎？」

「我就想現在告訴妳！」

我連忙跟上她，卻忍不住拉高音量。

minase小姐和那位男性都一臉驚訝地看著我。

可是——我停不下來。

「我無論如何一定要說，所以給我一點時間。」

——二斗轉頭看了我一眼。

然後重新轉向客廳問道：

「……minase小姐、矢野先生，我可以跟他談談嗎？」

「這邊……是沒關係啦。矢野，器材方面呢？」

「沒問題，剛剛也彩排過了，再來只剩直播開始後的微調工作。」

「謝謝。」

二斗向兩人低頭道謝。

接著——她坐上鍵盤前的椅子，這應該是直播時要用的。

「……你想說什麼？」

她抬頭望向我，疑惑地歪著頭。

「為什麼這麼慌張？」

聽她這麼問——我先深吸一口氣。

再用筆直的目光回望二斗——

「……五十嵐同學的媽媽昏倒了。」

我直接切入正題。

「剛剛被救護車送到醫院，我也跟五十嵐同學一起去了。」

——忽然鴉雀無聲。

能明顯感受到客廳的氣氛凍結。

「……是嗎？」

可是——二斗的聲音意外冷靜。

就像平常那樣。不……她嗓音裡的溫度很低，感覺比平常還要淡漠。

「狀況如何？」

「……好像沒什麼大礙。雖然要住院一段時間，但沒有生命危險……」

「太好了。」

二斗只淡淡地說了這一句。

「謝謝你告訴我，有時間我會去探病。」

她一點也不驚訝，絲毫沒有動搖——

過了幾秒——我才意識到。

對喔……二斗一定早就知道了。

二斗早就知道五十嵐同學的媽媽今天會昏倒。

也知道病情沒有嚴重到會危及性命。

因為她經歷過好幾輪高中生活，重新度過這三年無數次了。雖說每次發生的事情都不太一樣，事實也的確如此……但有些事應該不會改變。

具體而言，就是二斗無力改變的那些事，比如世界上發生的大事或每日天氣。五十嵐同學的媽媽會病倒，也是無法受到二斗行動左右的事件吧。

二斗不是第一次得知這件事了——

然後——

「……這樣啊，原來如此。」

我好像能理解了。

——這肯定就是原因。

二斗的這種態度——就是和五十嵐同學絕交的另一個原因。

她在輪迴中知道了住院的事，卻不知道自己的態度會引發兩人的爭執。

她之前說過，這一輪是第一次這麼早就成功爆紅，所以也是第一次在這種走投無路的狀況下聽說「這件事」，才會一時大意，做出這種反應。

考慮到線上演唱會這眼前的課題以及早就知情的前提，她才會做出如此冷漠的反應——對五十嵐同學也一樣。二斗從頭到尾都擺出音樂家ｎｉｔｏ的冷靜態度面對深受傷害的五十嵐同學，從五十嵐同學的角度來看，或許會覺得自己被拋棄了吧。

最後——兩人才會鬧翻，或是走向漸漸疏遠的結果。

既然如此——

既然知道了兩人之間的問題所在。

我該做的事——明擺在眼前。

「……妳給我聽好，二斗。」

我又喊了她一次。

「不是作為音樂家，而是五十嵐同學的朋友，給我仔細聽好！」

二斗——再次望向我。

她似乎聽不懂我在說什麼，一臉不解地歪著頭。

「……聽說五十嵐同學的父母離婚了。」

我對這樣的她繼續說道。

「媽媽非常疼愛五十嵐同學，所以她很喜歡這種生活。喏，她最近不是在摸索興趣嗎？可是……她最後才發現，這種安穩平凡的每一天才是最重要的，也想好好珍惜跟媽媽度過的時光……」

二斗沉默不語地看著我。

表情十分冷靜，讓我知道她還沒擺脫音樂家的身分。

然而……

「五十嵐同學的媽媽──卻病倒了。」

聽到這句話──二斗臉上似乎有了一絲動搖。

「情況確實不嚴重，也沒有生命危險，只要休養一陣子就能回到正常生活。可是……她該有多害怕啊。畢竟她可能會失去自己唯一的親人，失去最重要的寶物……」

……光想到這件事，我就難受得快要窒息。

我一想像到父母可能遭逢變故，就覺得背脊發寒。

連出生在正常家庭，不會特別對父母親感激的我都這樣了。

所以──五十嵐同學受到的打擊。

她體會到的恐懼該有多可怕啊。

「……以後我會跟她談談。」

可是——二斗依然是ｎｉｔｏ。

小聲地回答我。

「雖然不確定是明天還是下星期，但我一定……」

「……如果這是朋友二斗的想法，那是無所謂。」

我再次緊咬著她不放。

「但不是吧？現在妳是以音樂家的身分在聽我說話吧？」

——我也知道她束手無策。

二斗待會要背負著公司的未來，舉辦線上演唱會。

見到她回應得如此冷漠，我難以苛責。

所以——

「這是……我的請求。」

——我能做的只有祈求。

「哪怕一瞬間也好——妳能不能作為五十嵐同學的朋友想一想？」

二斗——瞪大了雙眼。

「只要一秒就好……妳能不能以她兒時玩伴的身分，在線上演唱會前想想這件事……」

——聽到這句話……

聽到我說的這句話——二斗散發出來的氣息大幅撼動。

然後……表情漸漸放鬆。

原先僵硬的臉頰浮現血色，無神的雙眼重現光芒。

她——眨了兩三下眼睛，輕輕倒抽一口氣。

「……ｍｉｎａｓｅ小姐！」

——變回二斗的聲音了。

是平常在社團教室聽到的，有些散漫的尖銳嗓音。

「不好意思，離直播開始還剩幾分鐘？」

「我看看……大概十五分鐘吧。」

確認時間後，ｍｉｎａｓｅ小姐直截了當地回答。

而且……

「推遲五分鐘左右也沒關係，晚點開播，讓觀眾稍微感到焦急反而比較好。」

「謝謝妳！」

低頭道謝後，二斗一把抓起放在旁邊桌上的手機。

手指在螢幕上滑了幾下，迅速貼近耳邊。

「——啊，二斗小姐！」

方才都默不吭聲的男性工作人員……我記得是矢野先生吧，忽然開口說道：

「不好意思，那支手機！剛剛用來測試音效後還沒有更改設定，所以聲音可能會全部放出來！」

他說得沒錯——房裡的喇叭開始傳出ＬＩＮＥ的撥號聲。

但二斗瞥了他一眼。

「無所謂！」

只給出一句簡短的答覆。

然後——隨著「嘟」一聲，電話接通了。

「——萌寧！」

二斗大聲喊出那個名字，連旁邊的我都被嚇到了。

「我聽巡說了！妳現在在哪裡！還好嗎！」

二斗的臉色大變。

我從來沒看過她露出這種表情——

——隔了幾秒，喇叭才傳來五十嵐同學的聲音。

『啊啊，那個……我在大久保的綜合醫院。沒事啦，狀況已經穩定下來了……』

「妳還會在那裡待一陣子嗎？」

『呃，嗯，可能批價繳費完就回家了吧——』

「——我馬上過去！」

二斗從椅子上起身，大喊似的說道。

「我也要去醫院，等我一下！」

——m·i·n·a·s·e小姐驚訝地看著我們。

另一位男性工作人員——我記得是矢野先生吧，也一臉緊張地看著二斗。

『咦，現在嗎？』

「嗯，我馬上過去。」

『……千華，妳要過來？』

「對！總之，去大廳就能找到妳吧？」

說著說著，二斗離開座位。

她拿起放在旁邊的包包，準備離開現場。

可是——

『……千華，妳待會不是要開線上演唱會嗎？』

五十嵐同學用冷靜的嗓音回答。

『沒事啦，妳就專心開直播……』

「……可是！現在我哪有那個心情啊！」

『但千華，那是直播吧？』

「現在管不了這些啦！」

聽到這句話——五十嵐同學沉默了一會。

minase小姐和矢野先生也緊張地嚥了嚥口水，靜候情況發展。

然後——

『——妳在說什麼啊！』

——震耳欲聾。

五十嵐同學用彷彿要震破喇叭的巨大音量說：

『千華，妳不是說這場直播很重要！絕對不能失敗嗎！』

「……可、可是，我！」

『我們都有應該要做的事情吧！』

面對二斗的苦苦哀求，五十嵐同學絲毫不肯退讓。

『媽媽的事我來處理，我辦得到！所以，千華也去做妳該做的事吧！』

……聽到這句話。

五十嵐同學意志堅定的嗓音，讓二斗受到震懾般坐回椅子上。

「……知、知道了。」

她輕輕點點頭。

「好，那、那我會好好直播……可、可是！我會為了萌寧而唱！會為了萌寧和萌寧媽媽而唱，所以如果情況允許，妳們一定要聽喔！」

『……謝謝妳。』

五十嵐同學的聲音變得柔和許多，跟剛才截然不同。

能清楚感受到她在電話另一頭微笑的樣子。

「還有，直播結束後我就馬上趕過去！」

『好啦，我會等妳。』

「……嗯，之後再跟妳聯絡，掰掰。」

說完這句話，二斗結束通話。

她將手機螢幕鎖定後放回桌上。

「……對不起，我那麼任性。」

她先跟ｍｉｎａｓｅ小姐和矢野先生道歉。

「我太擔心了，差點丟下直播跑去見她……真的很抱歉。」

「……不，沒關係。」

ｍｉｎａｓｅ小姐對二斗搖搖頭，眼神像在看自己的妹妹。

「直播加油喔……」

「……好！」

——五十嵐同學變了。

她找到了自己喜歡的生活方式，以及想珍惜的寶物。

所以這一次——二斗也成功改變了，以朋友的身分面對她。

這就是——她們建立的新關係。

「……好了。」

二斗點點頭，切換表情。

「來吧，一定要成功——」

她渾身散發出精明的氣息。

表情沉著冷靜，緊抿雙脣，冷冷地瞇起雙眼。

可是——不知為何。

她身上似乎還殘留著幾分「二斗平常的態度」。
就像她在社團教室裡光著腳的感覺。
「……加油。」
我也極其自然地對她說出這句話。
「要加油喔，二斗。」
「嗯。」
二斗也看著我，靜靜點頭，勾起笑容。

*

——直播一開始，同時在線觀看人數就突破了一萬。
這是ｎｉｔｏ的第一場線上演唱會。
她即將在自家客廳開始演奏——
不論是隔著監控螢幕觀看，還是像這樣近距離親眼觀賞——沐浴在昏暗的間接照明光線下的她，顯然都是極其專注的狀態。
聊天室的刷新速度越來越快，同時在線觀看人數也不斷攀升。

照這樣看來，網路也沒問題。

至少這次不會發生上次讓ｓａｋｉ困擾的斷線問題。

二斗她——隔了好長一段時間才抬起低垂的頭。

接著將臉湊近麥克風。

「——大家好。」

這是她的第一句話。

「我是ｎｉｔｏ，請多指教。」

——一股顫慄竄過背脊。

只不過是打聲招呼。

只不過是報上自己的名字——我卻十分激動澎湃。

心臟跳得好大聲，我甚至擔心會影響到直播。

我動彈不得，一滴汗水從背上緩緩滑落。

然後她——

「……真對不起。」

不知為何先道歉——然後笑了。

「難得大家聚集在這裡……可是今天，我想為一位朋友獻唱。她是從小和我形影不離的好朋友。」

——形影不離的好朋友。

是啊，不管她是二斗還是ｎｉｔｏ，這個事實都不會改變。

其實從來都不曾改變。

只是發生了一點誤會，過去的她只執著於眼前的事物，不知不覺放開了手。

但這次不一樣，二斗——緊緊握住了她的手。

「所以，如果可以——」

二斗用輕柔的嗓音繼續說道：

「我會用盡全力演唱，還請各位聆聽到最後一刻。」

然後我發現，二斗首次以ｎｉｔｏ的身分，在眾人面前露出了笑容。

不論是第一輪的高中生活還是這次的第二輪，她都是第一次在他人面前露出這種笑容。

——聊天室的刷新速度變更快了。

幾乎都是善意的回應，連同時在線觀看人數都大幅增長，讓我心跳得好快。

然後……

「那麼，請欣賞我的表演……」

說完，二斗的第一場線上演唱會拉開序幕——

尾聲　epilogue

「——真的真的，非常抱歉！」

「不不不！我也覺得自己的態度太強硬了！」

兩人展開賠罪大戰。

我們久違地來參加了五人制足球。

五十嵐同學和三津屋在現場碰面後——就開始瘋狂跟對方道歉。

「但我真的太輕率了……」

「這一切都是我造成的……」

……在那之後，二斗線上演唱會的隔天。

五十嵐同學似乎就和三津屋見面……還是提出了分手的要求。

才剛交往沒多久，這個要求太過唐突又任性，所以五十嵐同學本來已經做好會大吵一架的心理準備……卻沒想到三津屋答應了，彷彿早有預感。

此外，他反倒反省自己：「其實我也知道是我強人所難，逼妳和我交往……」

看樣子他對五十嵐同學的反應也有些不解，還歉疚地說「明明我年紀比較大」、「對不起，沒注意到妳的心情」。

這一次——兩人久違地面對彼此。

所以又開始繼續道歉。

「可是我做了這麼過分的事，真的很自私……」

「不不不，真的沒關係啦……」

看著這場永無止盡的道歉大會，周遭的人也苦笑起來。

雖然分手了，無緣成為情侶，但照這種氛圍來看，往後他們見面也不會多尷尬，或許能繼續當朋友……

「……不過——」

三津屋露出忽然驚覺的表情。

「如果我還不想放棄……妳可以接受嗎？」

「……不想放棄？」

「嗯。雖然以結果來說是我被甩了一次，但那畢竟是我太心急了。如果我從現在開始再次對妳展開追求，妳能接受嗎？」

「……啊～～……」

五十嵐同學終於明白他的意思，先點了頭。

然後——低下頭，相當忸怩。

接著難掩害臊地回答：

「這……也不是不行啦……」

於是三津屋和五十嵐同學也建立起全新的關係，變成三津屋單戀五十嵐同學的形式——

*

「——但我本來就不贊成你們交往啦。」

當天回家路上。

來參觀五人制足球的二斗，在電車裡對坐在旁邊的五十嵐同學這麼說。

「所以這個結果我能接受～～」

「呃，二斗，妳沒出什麼意見吧……」

聞言，我忍不住苦笑。

「五十嵐同學問妳意見的時候，妳都心不在焉啊……馬後砲放得太晚了吧。」

她當時真的很誇張……

只參與了四人約會的部分，之後就完全沉浸在自己的世界……

雖然確實有無可奈何的因素，但她應該更謙虛一點吧？

「而且……對五十嵐同學來說，也不算是完全甩掉對方啊。」

說完，我瞥了五十嵐同學一眼。

「之後對方也有可能會努力追求，然後展開交往，所以還不知道未來會如何啦。」

「咦～～真的會這樣發展嗎……」

不知為何，二斗看起來有些不開心，還不安地微微皺起眉頭。

「之後有辦法大逆轉嗎……」

……她怎麼這個反應啊？

五十嵐同學說不定想交男朋友啊，二斗身為死黨，應該為她加油吧……

這時——

「……咦～～這樣說的話……」

始終默默聽我們說話的五十嵐同學一臉壞笑地看向二斗。

然後——

「千華……難道我交男朋友，會讓妳覺得寂寞嗎？」

「……什麼！」

「看我跟其他男生甜甜蜜蜜，妳會捨不得吧？」

……咦，真的假的！

二斗的反應是這個意思嗎！

這難道是……二斗在發揮占有欲嗎！

實在不可能啦……

應該只是一時興起說說而已吧……我看向二斗。

結果她——滿臉通紅。

她臉上寫滿懊悔和羞恥，全身不停顫抖。

「……居然說中了！」

「才……才沒有！」

二斗用力搖搖頭這麼說。

「我只是在擔心她！」

「好好好。」

「大學生還是有點危險嘛！而且對方看起來很受歡迎！」

「這樣啊，我知道了～」

說完，五十嵐同學開心地笑了。

「千華真的很喜歡我耶……」

……一定是這樣吧。

不管是五十嵐同學還是二斗，雖然不會時常表現出來。

有時也會忽略對方……但她們其實都打從心底珍視著彼此。

所以這段友誼才能從幼稚園延續至今——

「但妳自己都有坂本這個男朋友了～～千華，妳太任性了吧。」

「啊～～就是啊。」

「就說沒有了！一點也不寂寞！」

「那不然，我現在就去跟三津屋說『還是繼續交往好了』？反正妳不會寂寞嘛。」

「……」

「看吧！一臉捨不得的樣子！」

五十嵐同學開心地哈哈大笑。

看到她的表情——我再次深切體會到。

這就是五十嵐同學和二斗找到的新關係。

「不過……」

電車抵達荻窪站後，我們一同下車。

五十嵐同學轉頭對二斗笑道：

「如果我跟三津屋真的交往了，妳要真心祝福我喔，我想得到妳的祝福。」

「……那還用說。」

雖然仍舊一臉不接受的樣子，二斗還是對五十嵐同學點點頭。

「我會開三天三夜的派對慶祝……」

「太隆重了吧。」

「還要寫一首歌現場演出……」

「這派對可以收錢了吧！」

聊著聊著，五十嵐同學忽然在穿過驗票閘口後停下腳步。

接著轉頭看向我們。

「那我要先去一趟超市再回家。」

說完，她對我們露出笑容。

「因為今天是——舉辦媽媽出院派對的日子。」

＊

「——一定會回來。」

然後——在三年後的世界。

我跟十八歲的五十嵐同學在約好的公園碰面後，她對我這麼說。

「千華一定會回來，所以我會在這裡等她……」

她的表情就像在守護年幼妹妹的姊姊。

感覺十分沉穩，從來不曾見過。

「……這樣啊。」

我發現自己的心情輕鬆不少。

「也對……她一定會回來。」

——三年後的未來。

五十嵐同學和二斗的關係改善後，現在依然是好朋友。但在這個狀況下——二斗失蹤的結果依舊沒有改變。

她留下一封「我一定會回來」的信就失蹤了。

失蹤後過了十幾天，現在還是聯絡不上她。

……老實說，我很沮喪。

我本來充滿期待，以為和五十嵐同學維繫友情後，二斗就不會被逼到走投無路，這次一定可以避免失蹤的結果。

可是——結局卻依舊沒變。

看來還是沒把將她逼入絕境的原因消除。

「……你還好嗎？」

五十嵐同學看著我的臉這麼說。

「坂本……你感覺很氣餒耶。」

「……嗯，是啊。」

我搔搔頭，老實向她承認。

「果然很難接受啊。為什麼會變成這樣？她怎麼會……」

「……嗯，就是說啊。」

說完，五十嵐同學對我笑了笑。

「我也很想知道，會懷疑是不是自己做錯了，或是忽略了什麼……」

「……對吧。」

「可是……」

說到這裡——她轉頭看向我。

「我知道她很堅強。」

用十分篤定的語氣對我說：

「因為我是她的朋友，經常看到她堅強的一面。等她回到我們身邊時，我想帶著笑容迎接她。」

「……這樣啊。」

聽到這句話——我再次理解到。

——至少往前邁進了。

表面上可能沒什麼變化。

二斗的結局和我們所處的狀況，或許都沒有改變。

然而——比起第一次和二斗永別、無能為力的那三年，現在前進了一大步。

往後我還想繼續尋找。

能跟二斗在一起的未來，以及能站在她身邊的「現在」——

所以——我這麼想，並在心中做出決定。

——增加「夥伴」吧。

在過去的世界找個能並肩作戰的「夥伴」。

這位「夥伴」的人選，當然只有一個——

＊

然後——

「……我來自未來。」

回到三年前的世界後。

我——看著眼前的女孩子。

黑色鮑伯髮型，眼神中帶點固執，身材嬌小的學妹。

我對「國中時期」的真琴坦言——

「我來自三年後的未來，妳會變成我學妹的那個未來……」

聽到這句話，真琴嚇得瞪大雙眼。

她一直張著嘴，彷彿完全聽不懂我的意思——

「……你在說什麼？」

她茫然地問。

「來自未來……到底是什麼意思……」

後記

開始寫《裸足》的時候，我訂下了好幾個目標。

要寫出最棒的傑作（每部系列作都有的目標）。

把二斗這個角色寫得可愛一點。

還有跟文風、架構和結局相關的目標。

在這麼多目標當中，我特別提醒自己「在作家這條路上要慢慢改變」。

在寫《裸足》之前，我覺得自己跨越了一道高牆。

在《三角的距離無限趨近零》收穫了許多讀者，在《日和ちゃんのお願いは絶対》將自己的理想具體化，在《恋は夜空をわたって》認識了好多優秀的人。

那真是我身為作家最幸福的時期，我也的確感到十分心滿意足。

但我真的很害怕自己裹足不前。

擔心自己沒有進步，風格會就此定型……總覺得變成這樣就沒救了……

所以我想在這部《裸足》中帶出自己過往的優點，嘗試各種新的挑戰。電擊文庫也跟我說只要劇情有趣，想怎麼寫都可以。

在這層意義上，就好的方面來說，這本第二集讓我掙脫了自己的固有框架。

不論是架構、內容、劇情進展還是角色，自己一個人想不到的點子也會跟S責編一起討論，同時進行挑戰。

我覺得這一集寫得很棒，心中對角色的喜愛加深了不少，也單純地在創作過程中覺得十分開心。

希望各位讀者也能從中體會到樂趣。

往後我還想在這部系列作嘗試各種挑戰，同時，當然也會卯足全力在劇情上多加著墨，敬請期待……

畢竟之後還會浮現更多有趣的點子嘛。

因此，我想感謝在我執筆本作時提供協助的每一位貴人。

負責繪製插畫的Ｈｉｔｅｎ老師，您每次的作品都大幅超越我的期待，讓我驚嘆連連，真的非常感謝您。

最重要的是購買本書的每位讀者，感謝大家。

希望還能在下一集見到大家！

岬鷺宮

三角的距離無限趨近零 1~8 待續

Kadokawa Fantastic Novels

作者：岬鷺宮　插畫：Hiten

我愛上的那個女孩體內住著兩個靈魂——
與雙重人格少女譜出的三角戀愛故事。

雙重人格即將結束，意味著「秋玻」與「春珂」其中一方會消失。我和快要喪失界限的兩人一起踏上旅程，前去找尋讓她變成這樣的原因。在旅程的終點，我們得知雙重人格的真相是——還有，我們找到的「答案」究竟是——三角關係戀愛故事堂堂完結。

各 **NT$200~220/HK$67~73**

【好消息】我的不起眼未婚妻在家有夠可愛。 1~7 待續

Kadokawa Fantastic Novels

作者：氷高悠　插畫：たん旦

情人節＆結花的生日將至，
我們也迎來了重大的「轉機」！

在同學們的推波助瀾下，結花在學校對我表白？我也要克服以往苦澀的回憶，往前邁進！結花作為「和泉結奈」有所成長，組成團體，發表新一屆「八個愛麗絲」。我和她之間笑容的軌跡終將開花結果！今後只要我們兩個在一起就沒問題！

各 NT$200~230/HK$67~77

轉學後班上的清純可愛美少女，
竟是小時候玩在一起的哥兒們 1~6 待續

Kadokawa **Fantastic** Novels

作者：雲雀湯　插畫：シソ

春希封閉在心底的感情開始逐漸釋放。
青春戀愛喜劇，秋日祭典篇！

沙紀想在隼人面前展現可愛的一面，而春希依舊用搭檔的態度對待隼人。某天，眾人發現一輝的姊姊就是當紅模特兒MOMO。一輝想與隼人他們保持距離，而姬子以毫無矯飾的話語挽留了他。秋日祭典當晚，一座天秤開始搖擺，使得其他天秤也不得不跟著改變

各 **NT$220~270/HK$73~90**

國家圖書館出版品預行編目資料

明日,裸足前來。/岬鷺宮作 ; 林孟潔譯. -- 初版. --
臺北市 : 臺灣角川股份有限公司, 2023.11-
冊 ; 公分

譯自 : あした、裸足でこい。
ISBN 978-626-378-169-6(第2冊 : 平裝)

861.57 112015450

Kadokawa
Fantastic
Novels

明日，裸足前來。 2

（原著名：あした、裸足でこい。2）

2023年11月15日　初版第1刷發行

作　者：岬鷺宮
插　畫：Hiten
譯　者：林孟潔

發 行 人：岩崎剛人
總 編 輯：蔡佩芬
編　輯：孫千棻
美術設計：吳佳昀
印　務：李明修（主任）、張加恩（主任）、張凱棋

發 行 所：台灣角川股份有限公司
地　址：104台北市中山區松江路223號3樓
電　話：（02）2515-3000
傳　真：（02）2515-0033
網　址：www.kadokawa.com.tw
劃撥帳戶：台灣角川股份有限公司
劃撥帳號：19487412
法律顧問：有澤法律事務所
製　版：尚騰印刷事業有限公司
ISBN：978-626-378-169-6

ASHITA, HADASHI DE KOI. Vol.2

Edited by 電撃文庫
First published in Japan in 2022 by KADOKAWA CORPORATION, Tokyo.
Complex Chinese translation rights arranged with KADOKAWA CORPORATION, Tokyo.